L'ŒIL DU DRAGON

L'auteur

Mark Robson naît en 1966 à Wanstead, dans l'Essex. Il passe vingt ans de sa vie dans la Royal Air Force, en tant que pilote puis instructeur. Il écrit son premier roman en 1995, alors qu'il est consigné au sol à cause des intempéries. Mark Robson quitte la Royal Air Force en décembre 2005 pour se consacrer à l'écriture. Trois séries ont déjà été publiées et ont rencontré beaucoup de succès.

Du même auteur :

La série *L'Œil du dragon* :

1. *Vulcain*
2. *Souffle d'Ombre*
3. *Dent de sabre*
4. *Aurore*

Vous aimez les livres de la série

L'ŒIL
DU
DRAGON

Écrivez-nous
pour nous faire partager votre enthousiasme :
Pocket Jeunesse, 12 avenue d'Italie, 75013 Paris.

Mark Robson

L'ŒIL DU DRAGON

SOUFFLE D'OMBRE

Traduit de l'anglais par Fabienne Berganz

LIVRE II

POCKET JEUNESSE
PKJ·

Directeur de collection :
Xavier d'Almeida

Titre original :
Dragon Orb
2. Shadow

Publié pour la première fois en 2008 par Simon and Schuster UK Ltd, Londres

Loi n° 49 956 du 16 juillet 1949 sur les publications destinées à la jeunesse : novembre 2009.

ISBN : 978-2-266-19149-4

RIQUAMÉE DU NORD
Océan Ficipien
N
Grand Océan Occidental
RIQUAMÉE DU SUD
Dragon du jour
Océan Fiquarien
Dragon de l'aube
Le Monde de Treer
Un bon bout de chemin
Échelle
CONTINENT

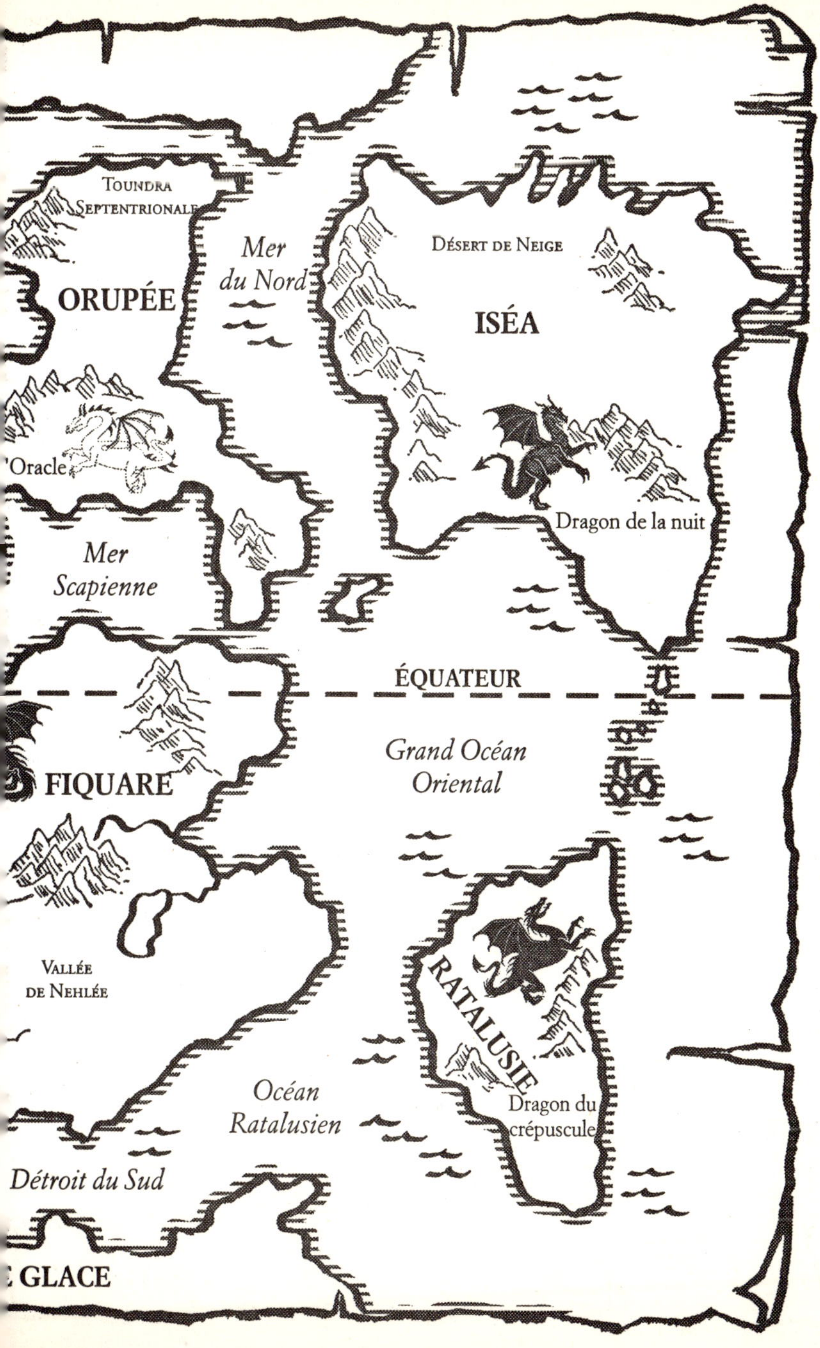
Toundra Septentrionale
ORUPÉE
Mer du Nord
Désert de Neige
ISÉA
'Oracle
Dragon de la nuit
Mer Scapienne
ÉQUATEUR
FIQUARE
Grand Océan Oriental
Vallée de Nehlée
RATALUSIE
Océan Ratalusien
Dragon du crépuscule
Détroit du Sud
GLACE

À Anne McCaffrey

Impossible d'écrire une quadrilogie sur les dragons sans rendre hommage à la « Grande Dame de Pern ».
Elle restera toujours la maîtresse incontestée des dragons.
Et moi, je n'ai pas pu résister à la tentation de jouer dans la cour des grands !

Merci à tous ces auteurs qui me font rêver depuis l'adolescence...

Chapitre un

Comme un oiseau

Libère l'orbe noir, car la mort, c'est ma vie,
Suis les conseils des preux, mais prends garde à la lame,
Prudence est maître mot – réflexion, bonté d'âme.
Si tu sers la justice, les menteurs seront punis.

Poll ruminait. À mesure que Souffle d'Ombre et lui s'éloignaient du campement, son dépit s'intensifiait.

— C'est moi, le chef, rabâchait-il entre ses dents.

De quel droit Kira, Élias et Nolita lui interdisaient-ils de diriger la Grande Quête ? Pourquoi l'Oracle avait-il choisi ces trois cavaliers-dragons, d'ailleurs ? Ils n'arrivaient pas à la cheville de Poll ! La mission qu'on leur avait confiée était claire : trouver les légendaires orbes dragoniques afin d'empêcher l'Oracle – le Maître des Dragons – de mourir. Et pour cela, Poll allait devoir composer avec trois cavaliers inexpérimentés et bien moins forts que lui. Des héros d'opérette. Kira relevait un peu le niveau, mais son obstination agaçait Poll.

La voix suave de Souffle d'Ombre retentit dans son esprit :

— *Ne t'en fais pas, cavalier de la nuit. Quand nous reviendrons avec l'orbe noir, tes compagnons te considéreront enfin à ta juste valeur.*

Les accents modulés de son dragon ne cessaient d'émerveiller Poll. Lorsqu'il fermait les yeux, il visualisait une belle et mystérieuse jeune fille. Douce comme de la soie, la voix du dragon femelle contrastait étrangement avec son apparence : corps massif, dents pointues, cornes acérées. À sa vue, les gens s'enfuyaient en hurlant. Poll, lui, la trouvait magnifique. La beauté était une question de point de vue.

— *Ils ont besoin de nous, pas de Vulcain, ni de Nolita*, poursuivit le dragon de la nuit. *Je n'ai jamais vu un dragon du jour avec un partenaire aussi faible. Pourquoi ont-ils insisté pour aller chercher l'orbe du jour en premier ?*

Excellente question. Poll tiquait chaque fois qu'Élias qualifiait Nolita de « courageuse ». Le cavalier de l'aube se trompait sur toute la ligne. Nolita était la reine des poltronnes. Une jolie blonde aux traits délicats, certes, mais une pleurnicheuse qui lui donnait la nausée. Kira avait de la personnalité, elle, au moins. Avec ses armes et son visage peint de signes tribaux, la Fiquarienne n'avait pas froid aux yeux. En d'autres circonstances, Poll lui aurait manifesté de l'intérêt. Pour l'heure, il avait plutôt envie de la gifler.

— Je préfère travailler en solo, souffla-t-il.

— *En duo, tu veux dire*, roucoula Ombre dans sa tête. *Tu oublies que je suis là.*

— Je ne voulais pas t'offenser, se hâta de répliquer le jeune homme. Toi et moi formons un tandem. Nous sommes destinés à accomplir des actions d'éclat. La preuve : l'Oracle nous a choisis ! Même lorsque nous aurons achevé la Grande Quête, nous ne serons pas relégués aux tâches ingrates comme garder une grotte humide. On chantera nos louanges pendant plusieurs générations.

Poll sentait sa colère refluer. Son dragon l'emmenait de plus en plus haut, entre les deux montagnes, à grands coups d'ailes réguliers. Il en éprouvait une joie indicible. Dans le ciel, il se prenait pour le maître du monde. Les pics couronnés de neige ressemblaient à des jouets. C'était lui, le Suzerain de Treer – pas ces incapables rivés au sol qui prétendaient gouverner le pays. Seule l'élite avait le privilège de survoler les montagnes. À dos de dragon, on était invincible. Libre. Tout-puissant. Nul n'osait se frotter à un dragon de la trempe de Souffle d'Ombre. Et ceux qui s'y risquaient le payaient de leur vie.

L'énigme de l'Oracle avait beau être empreinte de mystère, Poll en comprenait l'essentiel : sa voie était pavée de victoires qui feraient de lui un héros. Il se voyait déjà auréolé de gloire étincelante. Il le pressentait au plus profond de son être.

— Plus vite ! ordonna-t-il à son dragon, par télépathie.

Poll était un cavalier de la nuit depuis deux ans... Et depuis lors, ses pairs le traitaient comme un enfant et le considéraient avec mépris, parce qu'il n'avait pas encore rencontré l'Oracle. À présent, Poll tenait sa revanche. L'impatience et la jubilation bouillonnaient au creux de son ventre. Il était *le* cavalier de la nuit. Celui dont le destin était étroitement lié à l'Oracle. Celui dont dépendait l'avenir des dragons. Cette responsabilité pesait lourd sur ses épaules. Elle emplirait les autres d'effroi et de respect. Ils allaient voir de quoi Poll était capable.

L'air glacé lui mordait les joues. Ici, à plusieurs milliers de mètres d'altitude, le vent d'ouest soufflait sans discontinuer, augmentant la vitesse du dragon. Poll lâcha le pommeau de la selle et se frictionna les mains pour faire circuler le sang. Il avait les paumes frigorifiées malgré ses mitaines fourrées. Son nez, ses oreilles et ses joues étaient insensibles. Quand l'engourdissement gagna ses doigts et ses orteils, il songea à demander à Ombre de perdre de l'altitude, puis il y renonça. Son dragon faisait un effort notable pour rester à cette altitude. Poll ne souhaitait pas le décevoir. Comme lui, Ombre avait hâte de rejoindre l'enclave des dragons de la nuit.

Malgré le soleil étincelant, le jeune homme avait toujours aussi froid. Quand le dernier pic majestueux eut disparu derrière lui, il décida de proposer une halte. Inutile d'attraper des engelures. Poll connaissait des cavaliers-dragons à qui on avait dû amputer les doigts ou les orteils. Le froid était un ennemi sournois qui frappait en silence.

Poll projeta ses pensées vers Ombre :

— *Tu n'as rien contre une petite pause ? Je suis gelé.*

La télépathie était un mode de communication très pratique. De toute manière, Poll ne pouvait plus desserrer les lèvres.

— *Tu es un cavalier endurant*, répondit Ombre. *En un jour, nous avons couvert une distance considérable. Nous atteindrons l'enclave en moins de temps qu'il ne faut pour le dire.*

Poll tenta de sourire, mais les muscles de ses joues étaient figés. Les éloges de son dragon lui réchauffaient le cœur. Dès qu'il avait aperçu Souffle d'Ombre, le jeune homme avait compris qu'il avait trouvé son âme sœur. Elle et lui étaient forts. Combatifs. Assoiffés de puissance et de gloire. Et, surtout, ils savaient qu'ensemble ils étaient capables de déplacer des montagnes. Avec un dragon aussi vigoureux, Poll ne pouvait qu'aller de succès en succès.

Ombre amorça sa descente. Comme la bise sifflait à ses oreilles, le jeune homme se pencha. Le dragon accéléra l'allure. Plaqué contre les écailles d'Ombre, Poll glissa de la selle.

Il tenta de se redresser. En vain – il avait le corps aussi flasque qu'une poupée de chiffon. Une vague de panique le submergea. Ses doigts dérapèrent sur le dos du dragon. Ses pieds vidèrent les étriers. Il glissa encore.

— *Ombre !* s'écria-t-il. *Je vais tomber !*

— *Tiens bon !* s'exclama le dragon en essayant de ralentir sans aggraver la situation. *Rattraper mon cavalier en plein vol n'est pas mon exercice favori.*

— *Le froid a sapé toutes mes forces !* haleta le jeune homme.

Avec une horreur croissante, il assimila l'information qu'Ombre venait de lui transmettre. Jamais il ne s'était senti aussi faible. Et l'aveu de son dragon amplifiait cette sensation. S'il lâchait prise, sa chute serait mortelle. En deux ans, Poll avait déjà failli tomber – plusieurs fois, même. Maintenant, il payait le prix de son obstination. Il avait voulu repousser les limites de sa résistance au froid. Bien fait pour lui.

Ses fesses dérapèrent encore un peu. Impossible de remonter. Millimètre par millimètre, ses doigts glissèrent sur le pommeau de la selle. Poll sentit son cœur cesser de battre. Et soudain, ses doigts se refermèrent sur le vide.

— *Non !* s'égosilla Ombre.

Poll tenait encore... par un fil. Il pendait la tête en bas, accroché – miracle ! – à son étrier par le pied gauche. Son front heurta le flanc écailleux du dragon ; le vent lui agrippa ses vêtements de ses mains invisibles ; Ombre lâcha un nouveau cri d'angoisse.

— *Je suis toujours là*, l'informa le jeune homme.

Oui, mais pour combien de temps ? Le cavalier fit

le point : sa botte était coincée dans l'étrier, et son pied s'en dégageait peu à peu. Poll avait toujours voulu être à l'aise dans ses chaussures. Mauvais choix. L'estomac noué, il jeta un coup d'œil au-dessous. Le sol paraissait à des années-lumière.

Il serra les mâchoires, contracta les abdominaux et tenta d'attraper l'étrier. Encore un effort. Il y était presque ! Mais plus il se redressait, plus son corps offrait de prise au vent. Il rebondit sur les côtes d'Ombre tel un pantin désarticulé. Une fois. Deux fois. La troisième, une rafale plus violente que les autres l'assomma à demi.

Poll était robuste et musclé. D'ordinaire, attraper l'étrier aurait été un jeu d'enfant, mais le froid l'avait transformé en chiffe molle. Il avait envie de hurler de rage. Piqué au vif, il pinça les lèvres et retenta le coup. Il ignora le vent qui lui cinglait le visage. Ignora la raideur de ses muscles. Ignora la sensation de vertige qui s'emparait de lui. Petit à petit, ses mains se rapprochèrent de l'étrier. Il poussa un grondement de fureur qui le galvanisa :

— Alleeeeeez !

Sa main droite saisit l'étrier pile à l'instant où son pied sortait de sa botte. Pendant quelques secondes qui lui parurent une éternité, il resta suspendu par un bras. Il voulut assurer sa prise avec la main gauche. Il n'y arriva pas. Le vent était trop violent. Et Poll était trop lourd.

Ses forces l'abandonnèrent, et il tomba comme une pierre.

— *Ombre ! Au secours !* s'époumona-t-il.

Le dragon femelle replia les ailes et plongea dans le vide. Une fois au-dessus de sa cible, elle déploya de nouveau les ailes, qui claquèrent d'un coup sec.

— *Tends tes jambes et tes bras*, ordonna-t-elle. *Comme un oiseau.*

— *À quoi cela va-t-il me servir ?* s'énerva Poll.

— *Calme-toi et fais-moi confiance*, rétorqua Ombre d'une voix posée. *Mets-toi sur le ventre et écarte les bras et les jambes pour ralentir ta chute.*

La peur, si inhabituelle chez Poll, lui avait laissé un goût métallique dans la bouche. Le ton pondéré du dragon l'aida à reprendre ses esprits. Il avait besoin de se concentrer sur du concret. Ombre lui donnait des directives précises. Il s'efforça de lui obéir sans penser à rien d'autre. Et surtout pas à ce qui l'attendait en bas. Il s'allongea d'abord sur le dos, puis bascula vers l'avant et parvint à rester sur le ventre, les bras écartés. Il ne ralentit pas pour autant.

— *Parfait*, le félicita Ombre. *Ne bouge plus. Je te rejoins dans cinq secondes.*

Poll tombait en aveugle. La vitesse l'obligeait à fermer les yeux. Il tenta d'entrouvrir les paupières, mais le vent les lui referma comme s'il claquait une porte. Poll avait l'impression que sa chute était sans fin et qu'Ombre ne le rattraperait jamais.

Soudain, un tourbillon l'envoya bouler cul par-dessus tête. Paniqué, il crut que son cœur allait exploser.

— *Ooombre !* hulula-t-il.

— *C'est ma faute ; désolée,* chuchota le dragon femelle. *Je n'ai pas su contrôler ma vitesse. Si je t'avais attrapé à cette allure, tu serais mort sur le coup. Garde ton sang-froid et repositionne-toi. Je vais réessayer.*

— *À quelle altitude sommes-nous ?*

— *Ne t'occupe pas de ça. Remets-toi sur le ventre. Si tu tombes en chute libre, je n'y arriverai pas.*

Le cavalier obtempéra, sans parvenir à chasser une pensée insidieuse de son esprit : d'ici à une poignée de secondes, il allait percuter la terre ferme. Ombre n'aurait pas le temps de refaire une tentative. Par le lien qui l'unissait à lui, il sentit son dragon se concentrer de toutes ses forces. Ombre ferait l'impossible pour l'empêcher de s'écraser. Cette certitude redonna du courage à Poll. Peu à peu, l'espoir revint. Il se détendit...

... ce qui rendit l'impact encore plus brutal. Les serres du dragon s'enfoncèrent dans ses jambes et dans son dos. Poll lâcha un « humpf ! » – de surprise, plus que de douleur. Il se moquait de la souffrance. Il était sauvé. Puis il éprouva une émotion nouvelle : du soulagement. La poitrine comprimée par les griffes d'Ombre, il se laissa emporter vers la prairie qui s'étendait en contrebas. De bonne grâce, il cessa de lutter et sombra dans l'inconscience.

Chapitre deux

De la chair de serpent

— *Tu te débrouilles comme un chef, Nolita,* affirma Vulcain.

La jeune cavalière et son dragon du jour venaient de décoller du faîte du volcan fiquarien et piquaient droit vers le nord. Dès que Vulcain avait quitté le sol, le paysage s'était mis à tournoyer, et l'effroi s'était abattu sur la jeune fille comme une lame ténébreuse.

— *Pense à autre chose,* continua Vulcain. *Compte mes battements d'ailes.*

Excellente idée. Nolita s'attela à la tâche comme si sa vie en dépendait. Son ventre se contracta ; sa respiration s'accéléra. Il fallait dompter ses craintes, faute de quoi, elle rendrait le peu de bile qui lui restait dans l'estomac.

Elle ferma les yeux, se focalisa sur le bruit de soufflet de forge que produisaient les ailes, et fut forcée d'admettre que Vulcain avait raison. En comptant, Nolita oubliait ses angoisses... un peu. Ce qu'elle redoutait le plus, c'était la fatigue. Maintenant que le dragon avait adopté son rythme de croisière, elle se laissait porter par le roulis. Comme elle n'avait pas fermé l'œil de la nuit, elle craignait de s'endormir.

L'épreuve de bravoure l'avait marquée à jamais. Il lui avait fallu grimper sur le dos d'un dragon. Vaincre sa peur du vide. Affronter un orbe dragonique qui lui avait sucé le sang. Faire le grand saut, toute seule, car c'était la première des quatre cavaliers-dragons à subir un test. Elle en était sortie vidée de son énergie, avec l'impression de se réveiller d'un très long cauchemar. Mais elle avait gagné. L'orbe du jour reposait dans la sacoche accrochée à la selle de Vulcain. Prochaine étape : remettre l'orbe à l'Oracle. Et le calvaire de Nolita prendrait fin.

— Je vais suivre ton conseil, Vulcain, articula-t-elle à haute voix. J'aimerais fermer les yeux, sauf que je risque de m'endormir.

— *Ne t'inquiète pas : je te réveillerai si je sens que tu glisses. Et appelle-moi « Cain ». Tous les cavaliers-dragons donnent un diminutif à leur monture.*

Les mots de Vulcain ramenèrent Nolita à la réalité. Elle était une cavalière-dragon. Elle, Nolita ! C'était impensable. Risible. En totale contradiction avec sa nature. Depuis l'enfance, la jeune fille avait peur du vide et des animaux – même de la plus pacifique des vaches. Et voilà qu'elle volait à dos de dragon ! Si seulement son frère et sa sœur la voyaient !

— *Merci de te montrer aussi compréhensif, Cain*, répondit Nolita sans même se rendre compte qu'elle parlait par télépathie.

Paupières closes, elle se mit à compter :

— Un... Deux... Trois...

À trente, les battements de son cœur ralentirent et la nausée diminua. Nolita avait encore un goût amer dans la bouche. Elle avala sa salive et continua de compter.

Kira lança un coup d'œil sur sa gauche. Nolita s'en sortait plutôt bien, avec Vulcain. Elle reporta son attention sur Élias, qui volait en tête sur Aurore, le dragon de l'aube. Destination : la grotte de l'Oracle, en Orupée.

Le lendemain, à l'aube, Aurore ouvrirait une brèche qui les conduirait dans l'autre monde, leur faisant ainsi gagner un temps précieux. Le dragon d'Élias pouvait créer de multiples passages. Seule restriction : il fallait attendre l'aube, quand les frontières entre les mondes sont les plus minces. Élias avait bien fait d'obliger Nolita à remonter en selle juste après son épreuve de bravoure. Si elle avait refusé de reprendre la route, elle aurait été humiliée devant plusieurs centaines de cavaliers-dragons.

À présent, il fallait trouver l'orbe de la nuit.

Selon Barnabas, le doyen de l'enclave des dragons du jour, les « preux » dont avait parlé l'Oracle faisaient référence à des griffons, ces créatures légendaires mi-lions, mi-aigles. Même les dragons accordaient crédit au sage Barnabas. Kira était certaine qu'il avait vu juste.

Elle projeta ses pensées vers Dent-de-Sabre, son dragon :

— *Où se trouvent les griffons ?* demanda-t-elle.

Sabre ricana.

— *Je ne vois pas ce qu'il y a de drôle. Sais-tu où ils sont, oui ou non ?*

— *Oui, mais je ne te le dirai pas. Aurore et moi préférons attendre le retour de Poll. Et je ris parce que j'aurais parié que tu serais la première à poser la question. L'instinct du chasseur, je présume...*

— *Non. Le bon sens. Cela dit, tu as raison : il faut retrouver Poll, ce qui ne sera pas facile. As-tu déjà visité l'enclave des dragons de la nuit ?*

Rien qu'en prononçant le nom de Poll, la Fiquarienne eut la chair de poule. « Yeux-Bleus », comme elle l'appelait, les avait laissés se débrouiller seuls dès le début de leur quête. Il était parti bille en tête, persuadé que les « preux » désignaient les dirigeants de son enclave. Eh bien, il avait tout faux ; et s'il continuait à se montrer aussi borné, il courait droit à la catastrophe. Les chefs des dragons de la nuit souhaitaient la mort de l'Oracle. Ils lui mettraient des bâtons dans les roues. Il fallait coûte que coûte empêcher Poll de leur révéler leur mission.

— *Je l'ai aperçue de loin*, admit Sabre sur un ton circonspect. *Elle est située au cœur de la plus grande chaîne de montagnes d'Iséa. Les cavaliers et les dragons de la nuit n'aiment pas les étrangers. Mieux vaut ne pas trop s'en approcher.*

— *Alors comment contacter Ombre et Poll s'ils ont déjà pénétré dans l'enclave ?*

— *Si c'est le cas, les cavaliers de la nuit connaissent déjà le but de notre mission. Je n'ose imaginer le sort qu'ils nous réservent. Les dragons de la nuit ont très mauvaise réputation. Ils détestent qu'on leur fasse obstacle.*

La Fiquarienne s'emporta :

— *Si je comprends bien, tu nous suggères d'attendre que Yeux-Bleus ressorte de son enclave après avoir semé la panique ?*

— *C'est à peu près ça.*

Kira s'interrompit pour faire un rapide calcul :

— *Combien de temps faudra-t-il à Poll pour rejoindre son enclave ?*

— *Tout dépend. Une semaine, s'il fait beau. Peut-être moins : Ombre est très rapide.*

— *Nous avons quitté la grotte de l'Oracle voilà six jours. Pourquoi ne pas tenter d'intercepter Poll avant de rapporter l'orbe du jour en Orupée ?*

— *C'est une bonne idée. Nous devons en discuter avec les autres. Toutefois, j'ignore si l'Oracle pourra patienter quelques jours de plus. Il a besoin de l'orbe et doit passer en priorité. Même si Poll l'Impétueux risque de déclencher un désastre.*

Kira n'était pas d'accord, mais elle ne pouvait décemment pas prendre seule une telle décision. Elle regarda Élias, puis Nolita. La Riquaméenne voyageait-elle encore les yeux fermés ? À l'évidence, oui. Kira haussa les sourcils. Voler paupières closes ne devait pas être une partie de plaisir. Elle avait détesté traverser les nuages de pluie avec une visibilité quasi nulle. Elle frissonna à ce souvenir.

En fin d'après-midi, les trois dragons atterrirent près d'un petit lac. Dès que Vulcain s'immobilisa, Nolita se précipita vers l'eau et entreprit de se laver les mains avec frénésie. Élias et Kira allèrent s'asseoir à l'écart.

Ils ne s'étonnaient plus des excentricités de la jeune fille ; celle-ci avait prouvé sa bravoure. Si elle avait besoin de se laver les mains pour se sentir mieux, libre à elle ! Qui pouvait prétendre avoir surmonté ses peurs les plus terribles ? Nolita avait réussi grâce à ses rituels. Malgré son agacement, Kira était forcée de constater qu'ils apaisaient la Riquaméenne.

Ils dressèrent le camp en silence. Désormais, chacun était assigné à une tâche bien précise. Une fois l'abri construit, le feu allumé et le bois empilé, les cavaliers s'installèrent autour du foyer et préparèrent le repas.

Kira émit son idée, mais Élias et Nolita s'y opposèrent avec fermeté. Élias souleva un point essentiel :

— Que ferons-nous si les cavaliers de la nuit s'emparent de l'orbe du jour ? Notre quête est assez compliquée comme ça !

— D'ailleurs, l'Oracle doit récupérer le premier orbe au plus vite, ajouta Nolita.

En voyant l'expression résolue de la jeune fille, Kira décida de laisser tomber. Elle allait sans doute le regretter. Son instinct lui criait de se lancer à la poursuite de Poll sans plus attendre, mais il n'était pas question de partir seule. L'Oracle avait été clair : les cavaliers-dragons ne réussiraient qu'à condition de ne pas se séparer. Il ne restait plus qu'une option : les brèches. Ainsi, ils voyageraient plus rapidement. Puisque à présent tout reposait sur les capacités d'Aurore, Élias dirigerait le groupe. Lui, le plus effacé de tous. Kira en éprouva une légère irritation.

Elle l'étudia du coin de l'œil. Il contemplait les flammes, perdu dans ses pensées. Avec ses cheveux blonds et ses yeux bleu foncé, il était assez mignon, mais il n'avait pas l'étoffe d'un chef. Il était trop naïf. Aventureux, débrouillard et téméraire, Élias, en dépit de ses idées bien arrêtées, n'avait jamais quitté son village natal. De plus, il s'en remettait trop souvent aux autres. Il lui manquait l'instinct du chasseur. Or la Grande Quête n'était rien d'autre qu'une gigantesque partie de chasse. Avec son intuition infaillible, Kira était la personne indiquée pour diriger le groupe.

Le temps était agréable, ce soir. Ici, en Fiquare du Nord, on était au cœur de l'été. Il n'y avait pas vraiment de différences de température entre les saisons. Serait-ce le cas en Iséa ? Le continent était à l'autre bout de Treer. Au nord, ou au sud de l'équateur ?

Était-cc l'hiver ou l'été, là-bas ? Kira haussa les épaules. La géographie n'avait jamais été son fort.

Soudain, elle décela un léger bruit. Quelque chose se déplaçait... là, dans l'herbe, juste derrière elle. Une créature sournoise. Un prédateur. Les muscles tendus, elle posa la main sur le manche du couteau qu'elle portait à la ceinture et tourna la tête. Élias et Nolita n'avaient rien remarqué. Le cercle de lumière que produisait le feu n'était pas très grand. Au-delà, il n'y avait que les ombres, qui dansaient au rythme des flammes.

L'espace d'un instant, Kira crut que son imagination lui jouait des tours. La rive du lac ne se trouvait qu'à quelques pas. Comment une créature pouvait-elle se cacher dans une zone aussi peu étendue ? Puis, à la périphérie de sa vision, elle perçut un mouvement.

— Par les dieux ! souffla-t-elle, le cœur battant la chamade.

La jeune fille avait déjà croisé des serpents, au cours de ses parties de chasse, mais jamais d'aussi gros. Celui-ci était monstrueux. Son corps, aussi épais que la cuisse de Kira, n'avait pas fini d'émerger du lac. La chasseuse se figea. Au moindre geste, le reptile passerait à l'attaque. Un détail chiffonnait la jeune fille : pourquoi n'avait-il pas peur du feu ?

Élias et Nolita ne s'étaient toujours aperçus de rien. Kira hésitait à les avertir, de crainte d'attirer l'attention du serpent. En silence, elle appela son dragon :

— *Sabre ?*

— *Je sais. Ne bouge pas.*

— *Où es-tu ?*

— *Juste à côté. Je me suis camouflé, mais si je remue ne serait-ce qu'une écaille, le serpent le sentira. Son corps possède des capteurs de mouvements.*

— *Que fait-il là ?*

— *C'est l'orbe qui l'a attiré.*

Kira ne put masquer sa surprise.

— *L'orbe dégage une très forte odeur de sang*, précisa Dent-de-Sabre sur le ton de la conversation. *Tous les prédateurs de la région risquent d'arriver.*

— *Depuis combien de temps es-tu au courant ?*

Kira braqua un regard horrifié sur les anneaux du serpent.

— *Depuis l'atterrissage*, avoua le dragon.

— *Tu aurais pu me prévenir !*

— *Nous n'avons pas voulu vous inquiéter.*

— *« Nous » ?*

La monture de Kira dut se justifier :

— *Vulcain, Aurore et moi sommes sensibles à l'odeur du sang frais, même si elle nous laisse indifférents. Nous savions que l'orbe appâterait des créatures sauvages. Comprends-tu pourquoi il faut le rapporter à l'Oracle sans délai ?*

Plus le temps de discuter. Le serpent ouvrait grand la gueule. Kira dégaina son couteau. La lame accrocha la lueur du feu ; le reptile fondit sur elle, les crochets dénudés. Kira banda ses muscles et abattit son arme...

... qui rencontra le vide : les mâchoires invisibles de Dent-de-Sabre venaient de se refermer sur le reptile.

Nolita plaqua les mains sur ses joues et poussa un hurlement de terreur ; Élias se releva d'un bond et lâcha un cri de surprise ; Kira contourna le feu. Les trois cavaliers-dragons se tapirent derrière le mince rempart de flammes. Horrifiés, ils observèrent le combat titanesque. La queue du serpent fouetta l'air et s'enroula autour du cou de Sabre. Le prédateur resserra ses anneaux afin d'étrangler son adversaire. Entraînée par le poids du serpent, la tête de Sabre heurta le sol, et le dragon redevint visible.

Une boule d'angoisse dans la gorge, Kira s'écria :

— *Tue-le, Sabre ! Tue-le !*

Malgré sa corpulence et sa vigueur, le serpent n'était pas de taille à lutter contre Dent-de-Sabre. Ce dernier portait bien son nom. Il mordit dans le corps visqueux, ses canines incurvées déchirant la chair et broyant l'échine souple du reptile. Il ramena brusquement la tête en arrière et coupa son agresseur en deux. La tête et la queue cinglèrent le vide pendant quelques secondes, puis devinrent flasques.

Sabre releva la tête. Les morceaux du reptile tombèrent dans l'herbe.

— *Tout va bien ?* s'enquit sa cavalière.

— *On ne peut mieux*, répondit le dragon entre deux mastications. *J'ai toujours eu un faible pour la chair de serpent. En plus, c'est un morceau de choix. J'ai de quoi faire un repas entier.*

— Sabre n'a rien, traduisit Kira à l'intention d'Élias et de Nolita, livides et tremblants. Ne relâchons pas notre vigilance : l'orbe dégage une odeur de sang, perceptible à plusieurs lieues à la ronde, qui risque d'attirer d'autres animaux. Les dragons vont monter la garde. Par mesure de prudence, nous ferions mieux de dormir à tour de rôle.

— Sage décision, approuva Élias.

Le reste de la nuit se déroula sans incident. Allongés autour de l'abri, les dragons ouvraient l'œil. Leur proximité dérangea Nolita, mais, éreintée par les émotions de la veille et de la soirée, elle sombra bientôt dans un profond sommeil. Kira prit le premier tour de garde et constata que les dragons s'en sortaient très bien sans elle. Jugeant inutile de réveiller Élias, elle se faufila sous l'abri, s'allongea à côté du jeune homme et s'endormit comme une masse.

Chapitre trois

L'instinct du chasseur

Kira se réveilla avant l'aube. La lueur grisâtre qui précédait le lever du soleil donnait au paysage un aspect sinistre. Dans moins d'une heure, les cavaliers-dragons franchiraient une brèche et atterriraient de « l'autre côté ». À quel moment ? Le soir ? La nuit ? L'après-midi ? Ils l'ignoraient. De « l'autre côté », Aurore ne maîtrisait que l'espace – pas le temps. Cet endroit terrorisait Kira. La guerre y faisait rage. Le danger était partout. Ils allaient avoir besoin de toutes leurs facultés. La Fiquarienne se félicita d'avoir laissé ses compagnons dormir.

Soudain, un chat sauvage rugit. Kira s'assit brusquement. L'animal était tout près.

— *Pas de panique*, la rassura Sabre. *Il sait qu'il n'a pas intérêt à trop s'approcher.*

La présence de son dragon réconforta Kira. Cela lui rappela son premier bivouac de nuit, dans la savane. Banoush, son maître chasseur, lui inspirait le même sentiment de confiance, à l'époque. La jeune fille sourit. Banoush avait beau être un chasseur hors pair, les villageois le surnommaient Bêta, à cause de sa stature de géant et de sa démarche nonchalante.

Bêta ne faisait jamais rien comme les autres. Quand les chasseurs avançaient à pas comptés, dans les hautes herbes et les broussailles, lui progressait en zigzag, avec la lenteur d'une tortue. Avec ses grands yeux marron, sa grosse figure et son torse massif, il ressemblait à un ruminant placide. Assurément, il cachait bien son jeu. Aucun homme ne voulait chasser avec lui.

Quand Bêta avait demandé aux parents de Kira la permission d'emmener la jeune fille, celle-ci avait sauté de joie. Pour vaincre la réticence de son père et de sa mère, il lui avait suffi de deux phrases :

— Chasser de nuit est terrifiant. Peut-être qu'après cette expérience Kira choisira un autre métier.

Du coup, son père avait accepté. Sa fille allait enfin exercer un métier de fille. C'était compter sans Bêta, qui n'avait pas l'intention d'effrayer Kira. Bien au contraire.

La jeune fille avait beaucoup appris grâce à l'étrange chasseur. Elle avait compris qu'il fallait respecter et non pas craindre les dangers de la nuit. À l'aube, les lions s'étaient mis à rugir. Kira les avait écoutés, fascinée. Au matin, son père s'attendait à accueillir une fillette tremblante. Il se trompait : Kira s'était engouffrée dans la case, enthousiaste et intarissable. Bêta avait essuyé la colère paternelle, puis il avait adressé un clin d'œil complice à sa jeune élève. Une vraie pâte, ce Bêta.

Soudain, Kira eut l'impression qu'un millier d'aiguilles lui perforaient le ventre : quel genre de prédateurs l'orbe allait-il attirer dans l'autre monde ? Elle préféra ne pas y penser.

Les trois cavaliers firent une rapide toilette dans le lac, sous l'œil protecteur des dragons, puis ils rassemblèrent leurs affaires et montèrent en selle. Le soleil n'allait pas tarder à se lever.

— Tu ne veux pas monter avec moi ? demanda Élias à Nolita.

— Non, répliqua la Riquaméenne. Je dois maîtriser ma peur.

Kira lui tapota l'épaule. Nolita l'étonnait de jour en jour. Comme Élias insistait, Kira lui lança un regard noir qui signifiait : « Fiche-lui la paix, espèce de mère poule. » À contrecœur, le jeune homme regarda Nolita enfourcher Vulcain. La jolie blonde possédait une tenue de vol, à présent. Même s'ils émergeaient en haute altitude, comme la fois précédente, elle serait protégée du froid. Et Vulcain veillerait personnellement à ce qu'il ne lui arrive rien de fâcheux.

Kira chercha les restes du serpent, puis comprit, grâce à la sensation de béatitude que lui fit partager Dent-de-Sabre, que l'infâme reptile avait trouvé refuge dans l'estomac du dragon. La jeune fille grimaça. Le goût du serpent ne la dérangeait pas. C'était *l'idée* qu'elle ne supportait pas.

« Tu parles d'une dure à cuire », se dit-elle en réprimant un sourire ironique.

À califourchon sur Vulcain, Nolita ressemblait à un spectre dans la lumière laiteuse du petit jour. Une étincelle de fierté brillait dans les yeux de son dragon. Cain était méconnaissable. La semaine précédente, il avait la peau terne, presque grise. Désormais, il arborait des écailles bleu roi qui scintillaient comme des aigues-marines.

Élias fit signe à Kira de passer devant. La jeune fille avait l'habitude du décollage, maintenant : accélération maximum et propulsion dans les airs. Alors que Sabre s'élançait vers le ciel, la Fiquarienne aperçut une bande de lions courir derrière eux, le museau en l'air. Ils étaient sans doute sur leur territoire, mais l'orbe leur avait donné le courage de braver les dragons. Heureusement que les jeunes gens ne s'étaient pas attardés près du lac. Plus tôt ils se débarrasseraient de l'orbe, mieux cela vaudrait.

Kira repéra la brèche, droit devant elle. La vue du tourbillon de grisaille lui noua l'estomac. Elle détestait ouvrir la marche, mais elle n'avait pas d'autre choix. Aurore devait refermer le passage derrière elle, et Nolita franchissait une brèche sans l'aide d'Élias pour la première fois.

Dent-de-Sabre plongea dans le néant. Aussitôt, Kira ressentit la torsion désormais familière, plus bizarre que désagréable. Elle eut l'impression qu'on l'essorait comme une éponge, puis qu'une masse de liquide anthracite s'abattait sur elle. Chaque fois, Kira avait la sensation de se noyer. D'inspirer son dernier souffle. Ressentait-on la même chose quand on mourait ?

Lorsqu'elle passa de « l'autre côté », elle se compara à une vis géante que l'on enfonce dans une planche. Puis tout redevint normal. Elle était un peu perdue, mais heureuse de se retrouver à l'air libre – même au beau milieu d'une nuit noire et froide. Dans son dos, elle entendit les puissants battements d'ailes d'Aurore et de Vulcain. Le petit groupe était sain et sauf.

— *Où sommes-nous ?* demanda-t-elle à Sabre.

— *Presque au même endroit que la fois d'avant*, annonça le dragon du crépuscule. *Les humains se battent sous nos pieds. Aurore va nous conduire dans la forêt ; nous y serons en sécurité.*

Comme pour confirmer ses dires, une rafale d'éclairs illumina la campagne, suivie de craquements assourdissants, qui semblèrent déchirer le ciel. La gorge nouée, Kira ne put s'empêcher de contempler le feu d'artifice dévastateur.

Les explosions lui rappelèrent leur incursion précédente de « l'autre côté ». Elle se remémora les étranges machines volantes qui les avaient attaqués, l'homme venu à leur secours, la bataille acharnée qui s'était ensuivie... Croiseraient-ils de nouveau leur allié anonyme ? Probable que, dans l'obscurité, ils ne le reconnaîtraient pas.

Comme les dragons volaient assez bas, Kira distingua d'immenses tranchées creusées dans le sol. La terre balafrée vomissait un flot régulier de soldats. Il y en avait des milliers. Depuis combien de temps se battaient-ils ? Pour la Fiquarienne, leur guerre n'avait pas de sens.

Aurore vira vers l'ouest, et les balafres disparurent. Tant mieux. Kira avait hâte de rejoindre les bois, à distance raisonnable du champ de bataille.

— *L'aube est encore loin ?*

— *Selon Aurore, le soleil se lèvera dans une heure et demie*, répondit Sabre. *À une ou deux minutes près.*

Parfait. Ils n'attendraient pas longtemps. Kira avait découvert que le temps ne s'écoulait pas de la même façon dans ce monde que sur Treer. Impossible de savoir s'ils allaient y rester une heure, un jour, ou une semaine. Lorsqu'elle retournait sur Treer, Aurore contrôlait l'espace-temps. Mais ici, de « l'autre côté », les saisons paraissaient se mélanger. Les mois duraient des années ; les minutes semblaient des heures. De plus, une petite voix dans sa tête ne cessait de lui répéter qu'elle courait un grand danger.

La jeune fille en avertit Sabre :

— *Reste sur tes gardes. Je ne suis pas tranquille. Et mon instinct ne me trompe jamais.*

Elle sentit son dragon se concentrer. Il sondait les alentours, en quête d'une menace. L'instant d'après, Kira s'aperçut qu'il avait revêtu sa tenue de camouflage. Voir le corps de son dragon disparaître était toujours aussi déconcertant. Surtout la nuit. La cavalière avait l'impression de chevaucher une ombre.

Bientôt, le bruit des combats ne fut plus qu'une lointaine rumeur. Quand les dragons descendirent, Kira repéra des maisons, des arbres et une rivière. Elle entendit des chiens aboyer, malgré le vent qui sifflait à ses oreilles.

« Si vous saviez après quoi vous aboyez, vous feriez moins les malins », se dit-elle avec un petit sourire.

Les dragons se posèrent à la lisière de la forêt. Dès que les cavaliers eurent mis pied à terre, ils se dirigèrent vers la clairière qu'ils avaient occupée la fois précédente. Kira s'imprégna des odeurs d'automne qu'exhalaient l'humus et les feuilles mortes. Dans la zone d'atterrissage, l'herbe était tapissée d'une fine couche de givre.

La jeune Noire enleva un de ses gants, plaça la main devant la bouche et souffla dessus. Elle sentit son haleine chaude lui caresser la paume. Et là, stupeur : elle crachait de la fumée ! Une vague de panique la submergea : était-ce un effet secondaire dû au vol ? Elle lorgna vers Élias et Nolita, qui étaient victimes du même phénomène. L'étonnement plissait le front du cavalier de l'aube.

Nolita, elle, continuait d'avancer, imperturbable. Elle se retourna, fronça les sourcils et demanda :

— Qu'y a-t-il ? On jurerait que vous avez croisé un fantôme.

— Je crache de la fumée ! s'affola Élias.

Nolita pouffa. Un nuage de vapeur s'échappa de ses lèvres.

— Vous n'avez pas d'hiver, en Fiquare ? s'esclaffa la Riquaméenne, qui en oublia presque de parler à voix basse. Vous n'avez jamais vu la condensation quand il fait très froid ?

— Chez nous, il ne fait jamais aussi glacial, répliqua Kira.

— Ne t'inquiète pas : ce qui t'arrive est parfaitement normal, la rassura Nolita.

Elle expulsa un nuage de vapeur par les narines.

— Regarde ! Il ne me manque plus que des cornes pour ressembler à un dragon !

Élias et Kira émirent des rires étouffés. Pour Nolita, plaisanter sur les dragons relevait du miracle. Tout en s'enfonçant dans la forêt, la Riquaméenne leur parla de l'hiver – le vrai, avec de la neige, de la bise et des lacs pris par la glace.

Kira essayait d'avancer en silence, mais le tapis de feuilles mortes était trop épais. Le froissement que produisaient ses pas avait quelque chose d'agréable. Une bouffée d'allégresse envahit la jeune fille. Elle se mit à donner de grands coups de pied dans les tas massés autour des troncs. Tout allait bien. Le soleil allait bientôt se lever. La première partie de leur mission touchait à sa fin.

Les dragons s'installèrent dans la clairière. Juste avant d'y pénétrer, Kira sentit ses cheveux se dresser sur sa nuque. Elle s'arrêta et tendit l'oreille.

— Un problème ? s'enquit Élias.

— Chut ! Pas un geste ! Écoutez !

Élias et Nolita obéirent. Ils ne perçurent que les déflagrations dans le lointain. Kira secoua la tête.

— Je vois des ennemis partout, depuis notre rencontre avec le serpent, s'excusa-t-elle en souriant. Avez-vous aperçu ces lions, tout à l'heure ? Croyez-vous que c'est l'orbe qui les a attirés ?

Nolita pâlit. Élias fit un drôle de bruit avec ses lèvres avant de donner son avis :

— Avec tout le sang que doivent perdre les soldats, c'est vers les tranchées que se précipiteront les animaux sauvages.

— Ouvrons l'œil, conseilla Kira. On n'est jamais trop prudent.

— Qu'est-ce que tu proposes ? voulut savoir le jeune homme.

— Demandons aux dragons de nous protéger comme la nuit dernière. Nous remonterons en selle peu avant l'aube ; ainsi, dès que la brèche sera ouverte, nous ne perdrons pas de temps.

— Adjugé ! conclut Élias.

Une fois à l'abri derrière les créatures disposées en cercle, Kira parvint enfin à se détendre. Toujours vêtus de leur tenue de vol, Élias, Nolita et elle se pelotonnèrent les uns contre les autres, mais le froid était trop intense. Pour éviter de s'engourdir, ils durent faire les cent pas en tapant des pieds et en remuant les bras.

L'attente était interminable. Les cavaliers-dragons avaient l'impression d'avoir été emprisonnés dans un sablier géant dont les grains ne s'écoulaient plus.

Soudain, un chien aboya. Kira se figea. Élias sonda les bruits de la nuit, puis, une fois le son identifié, déclara :

— C'est juste un chien.

Non. Ce n'était pas *juste* un chien. Kira sentit une poigne d'acier lui enserrer les reins. Puis un second aboiement se joignit au précédent.

— En selle ! ordonna-t-elle.

— Du calme, murmura Élias. Nous n'allons pas nous enfuir devant deux chiens !

— Ce sont des chiens de chasse, déclara la Fiquarienne. Il faut partir d'ici. Tout de suite !

Kira ne plaisantait pas. Plus suiveuse que meneuse, Nolita enfourcha son dragon sans protester, aussitôt imitée par ses compagnons.

— *Ils se rapprochent, Kira,* avertit Dent-de-Sabre. *C'est une meute.*

Le dragon du crépuscule était surpris. À juste titre. D'ordinaire, les animaux le craignaient et le respectaient – surtout les chiens. À en juger par leurs aboiements frénétiques, ceux-ci n'avaient peur de rien. Ils accouraient vers la clairière avec la ferme intention d'en découdre.

— Les dragons ne pourront pas décoller parmi les arbres ! s'écria Kira. Sortons de la forêt et attendons l'aube dans les airs !

Ils n'avaient pas sitôt quitté la clairière que les chiens déferlèrent sur eux, marée de crocs, de fourrures et de babines écumantes. Il y en avait de toutes tailles et de toutes races : bouledogues au corps massif, dobermans aux muscles puissants, ratiers aux dents acérées. En terrain dégagé, ils n'auraient pas menacé les dragons caparaçonnés d'écailles. Mais dans les arbres, les mouvements des créatures géantes étaient très restreints. Elles s'élancèrent vers le champ tête baissée, au risque de désarçonner leur cavalier.

Quelques chiens tentèrent de mordre Kira aux mollets, puis, telle de la limaille de fer attirée par un aimant, ils se tournèrent vers Vulcain et Nolita. Une lueur de démence scintillait dans leurs prunelles. Dans ce monde, le pouvoir de l'orbe gorgé de sang semblait décuplé. Au bord de la folie, les chiens se jetèrent sur Vulcain, qui disparut sous le flot hirsute de canines et de griffes. Kira eut à peine le temps d'entrevoir Nolita : à genoux sur sa selle, la jeune fille tentait de garder l'équilibre, une expression de terreur plaquée sur le visage.

La voix de Sabre résonna dans l'esprit de Kira :

— *Ferme les yeux et accroche-toi. Ça va chauffer.*

— *Qu'est-ce que tu veux dire par l...*

Sans la laisser terminer sa phrase, Vulcain redressa la tête, brisa les branches au-dessus de lui et cracha un geyser de flammes, qui brûla arbres, buissons, chiens fous sur son passage. L'instant d'après, il se ruait sur le sentier carbonisé, emportant une Nolita ramassée en boule, les paupières closes, la tête entre les bras.

Kira poussa un juron : elle avait fermé les yeux avec une demi-seconde de retard.

Elle en gardait deux taches jaune vif imprimées sur les rétines. Vulcain n'y était pas allé de main morte. On avait dû repérer l'incendie à trois lieues à la ronde. Il fallait filer d'ici, et en vitesse.

Chapitre quatre

Un réveil douloureux

D'abord, il y eut la douleur, dans chaque fibre de son corps. Elle lui cisaillait les poumons à chaque respiration, crissait le long de chaque os, chaque nerf, chaque muscle.

Poll essaya de l'ignorer et voulut bouger le bras. Un voile rouge s'abattit devant ses yeux et lui arracha un grognement sourd. Et, là encore, une souffrance insoutenable émana de ses cordes vocales. Mais au moins, il était en vie. Ses blessures guériraient. Il le fallait. L'Oracle avait besoin de lui.

Le cavalier de la nuit battit des paupières. Au début, il ne vit qu'un plafond bosselé et enduit de chaux. Puis il découvrit qu'il était allongé dans un lit. Un lit ? Comment avait-il atterri là ?

— Tu es réveillé ? fit une voix.

— *Ombre ?* appela Poll en pensée.

Même par télépathie, son cri ressembla au croassement d'une corneille enrouée.

— Maman ! Il est réveillé ! se réjouit la voix.

Ce n'était pas Ombre, mais une fillette, à la fois ravie et apeurée.

Une femme lui répondit avec douceur et bonté :

— Laisse-le se reposer, Saffi. Va jouer dehors.

À peine l'aperçut-il, Poll devina que la femme ne l'aimait pas. Lèvres pincées et bras croisés sur sa poitrine, elle le toisait avec méfiance et défi. Pas un cheveu ne dépassait de son chignon impeccable. Elle paraissait prête à lui sauter à la gorge.

De la fillette qui sortait de la chambre, Poll n'entrevit que le volant de la robe.

— J'ai fait quelque chose de mal ? murmura-t-il.

— J'sais pas, aboya la femme. À vous de me le dire. Je connais les gens de votre espèce.

— Vous pouvez préciser ? risqua Poll, dont le cerveau fonctionnait un peu au ralenti.

La femme fronça les sourcils et lâcha avec rudesse :

— Vous les cavaliers de la nuit, avec vos dragons noirs, vous vous croyez tout permis, hein ? Mais vous ne me faites pas peur. Votre dragon vous a laissé devant ma porte. Vous étiez blessé. Et moi, j'aide tout le monde. Sans exception. Dès que vous serez sur pied, vous débarrasserez le plancher. Compris ?

— Compris, souffla Poll.

Il n'était pas d'humeur à se lancer dans une polémique. En revanche, il se promit de découvrir pourquoi les cavaliers de la nuit avaient une si piètre réputation. Ce n'était pas la première fois qu'on lui marquait de l'hostilité, ou qu'on l'accusait à tort. Un vol, une bagarre, une dispute ? C'était un cavalier de la nuit, le coupable. Un enfant tombait malade, un parasite détruisait une récolte ? C'était un dragon de la nuit qui avait porté malheur !

Poll devait reconnaître que Souffle d'Ombre avait des allures maléfiques. Il devinait pourquoi elle effrayait les gens. En deux années, Poll et elle avaient été accusés à tort de vol de bétail et de vandalisme. À plusieurs reprises et sans la moindre preuve. Pour les humains à l'esprit si étroit, un dragon de la nuit était forcément mauvais. À l'inverse, les dragons du jour étaient traités en héros. Une belle injustice.

— Vous avez faim ? interrogea la femme.

— Oui, répondit le blessé à mi-voix. Plus vite je reprendrai des forces, plus vite vous serez délivrée de ma présence.

— Je n'ai pas grand-chose ; vous devrez vous en contenter, rétorqua la femme en claquant la porte derrière elle.

Poll essaya de se détendre. Cette femme lui avait mis les nerfs en pelote.

— *Tu vas très vite te rétablir*, lui assura Ombre. *Tout ce qu'il te faut, c'est de la nourriture et du repos. Tes blessures cicatrisent à vue d'œil.*

— *Merci de m'avoir rattrapé, Ombre. Jamais on n'avait rien accompli d'aussi courageux pour moi.*

Par le lien qui l'unissait à son dragon, le jeune homme ressentit une onde de pur plaisir.

Le lien... Étrange phénomène. Grâce à lui, cavaliers et dragons éprouvaient les mêmes émotions : joie, souffrance, tristesse... avec plus ou moins d'intensité. Parfois, le lien était si ténu qu'il était pareil à un filet de fumée. En d'autres circonstances – comme en cet instant précis –, on pouvait le comparer à un solide pont de fer construit entre deux esprits.

Poll se souvenait mal de sa vie avant sa rencontre avec Ombre. Il avait été un garçon solitaire et peu loquace. Le portrait craché de son père. Sa mère appréciait la compagnie, mais avec un mari bûcheron, toujours absent, elle avait dû prendre les rênes de la maisonnée. Il fallait gouverner d'une poigne d'acier pour se faire obéir de trois grands gaillards et d'une adolescente obstinée. Ses aînés, toujours en compétition, se moquaient de Poll parce qu'il leur préférait leur sœur. Alors Poll restait seul. Le jour où il avait rencontré Ombre, il avait mesuré à quel point il avait souffert de cette solitude. À présent, le dragon comblait ce vide. À eux deux, ils étaient plus forts que tous les habitants de son village réunis. Le destin de Poll était désormais tracé : il allait accomplir des prouesses.

La femme revint avec un plateau, qu'elle posa sur la table de chevet. Il contenait un morceau de pain, une tasse de lait et une écuelle de ragoût fumant. Poll tenta de se redresser. Impossible : c'était bien trop douloureux. Son hôtesse le saisit sous les aisselles et l'assit sans ménagement. Il haleta, essayant de masquer sa honte et sa souffrance.

— Vous allez arriver à manger seul ? s'enquit la femme en lui mettant le plateau sur les genoux.

— Oui, merci, marmonna-t-il.

— Alors je vous laisse. Si Saffi vient vous déranger, renvoyez-la dehors.

« Ainsi, je ne pourrai pas la corrompre, moi l'horrible Cavalier Noir », ajouta Poll à part soi.

Pas la peine d'en faire une affaire d'État. Il jaugea le quignon et le ragoût d'un œil critique. Les légumes semblaient gorgés d'eau, mais une délicieuse odeur montait de l'écuelle. Il croqua dans le croûton de pain rassis ; il lui laissa un goût sucré en bouche. Il but une petite gorgée de lait : savoureuse.

Le repas fut long et fastidieux : tremper son pain dans le ragoût, avaler une bouchée, siroter le lait exigèrent un effort considérable. À la fin, Poll dut serrer les dents pour ne pas hurler de douleur. Comme pour répondre à son signal muet, la femme réapparut, le débarrassa du plateau et l'aida à se rallonger. En lâchant un « merci » à peine audible, il sombra dans un profond sommeil.

À son réveil, il se sentait beaucoup mieux. Il leva le bras droit. La douleur était supportable. Il tenta l'expérience avec le gauche, puis avec ses jambes : franc succès. Il s'assit sur le lit. Pris de vertiges, il cligna des yeux plusieurs fois d'affilée.

Les draps glissèrent sur son torse nu. Il se dévissa le cou et entrevit les griffures violacées qui lui zébraient le dos. Ombre n'y était pas allée de patte morte ! Il avait eu de la chance de ne pas succomber à une hémorragie interne.

Il repéra ses vêtements, entassés sur le dossier d'une chaise. Avec mille précautions, il sortit du lit, craignant de s'évanouir. Il marcha au ralenti, en traînant les pieds, enfila sa chemise en décomposant ses gestes...

Il reprit son souffle. Dans son état, s'habiller relevait de l'exploit.

La voix d'Ombre retentit dans son esprit, empreinte d'inquiétude :

— *Tu es sûr que ça va ?*

— *Je gère*, répondit Poll. *Quand j'aurai terminé, j'irai demander un peu de nourriture, et nous reprendrons notre route.*

— *Est-ce très raisonnable ? Je sais que l'Oracle a besoin de nous, mais je ressens ta douleur. Tu n'es pas en état de voyager...*

— *Je ne resterai pas une minute de plus dans cette maison*, déclara le cavalier d'un ton péremptoire. *Tu as entendu cette femme ? Elle nous déteste. Si nous nous attardons ici, j'ai peur qu'elle s'en prenne à moi. Nous partirons avant la nuit.*

— *Comme tu voudras. Je t'attends dans le jardin.*

Revêtir sa tenue de vol fut un véritable défi : Poll avait l'impression que sa veste pesait une tonne et que son pantalon lui comprimait les cuisses. Les larmes lui vinrent aux yeux sans qu'il s'en rende compte. Il s'assit sur le lit et essaya de chausser ses bottes. Ce fut une opération délicate : il fallait à la fois se pencher et tirer. Il batailla pendant plusieurs minutes – en vain. Trempé de sueur, il lâcha un cri de colère qui alerta son hôtesse.

— Vous avez perdu la tête, ou quoi ? s'exclama-t-elle en le redressant.

Poll l'observa s'agenouiller sur le sol et lui ôter la botte droite à demi enfoncée.

— Vous ne voulez pas de moi chez vous, signala le jeune homme. Aidez-moi à mettre mes bottes, et je ne vous ennuierai plus.

La femme se raidit :

— Je vous aiderai pas à mourir. Vous pouvez pas voler. Pas dans votre état.

— Vous comptez m'en empêcher ? riposta Poll avec un petit rire sans joie. Je dois partir pour honorer une promesse. Je suis un homme de parole, quoi que vous en pensiez. S'il vous plaît, donnez-moi un coup de main. Je vous paierai.

La femme plissa les yeux et le dévisagea d'un air pensif. Toute trace d'hostilité avait disparu.

— Très bien, jeune maître, capitula-t-elle. À une condition : que vous mangiez un morceau. Je ne vous laisserai pas partir le ventre vide.

— J'accepte avec plaisir, répliqua Poll, dont l'estomac gargouillait affreusement.

La nourriture qu'il avait emportée était sans doute avariée ; il devait la remplacer. Il possédait une coquette somme d'argent, pas suffisante cependant pour survivre plus de quelques jours. Deux options s'offraient à lui : faire escale en ville, ou dresser le camp et chasser du gibier.

Un cavalier-dragon ne manquait jamais d'argent. Comme ils savaient lire dans les pensées, les dragons épaulaient les autorités en déterminant la culpabilité d'un homme ou d'une femme accusés d'un crime. Ainsi, les tribunaux gagnaient du temps et de l'argent, même s'ils payaient grassement les cavaliers-dragons. Ombre avait déjà jugé plusieurs délits, et sans jamais hésiter. Poll, lui, avait des doutes. Malgré le lien qui l'unissait à son dragon, il parvenait à dissimuler certaines pensées. Alors pourquoi pas les criminels ?

Le jeune homme préférait le travail manuel : transporter des troncs d'arbres, tirer des chariots remplis de gravats... Ombre, elle, rechignait à jouer les ouvriers de pacotille. Elle trouvait cette activité dégradante. Poll ne voyait pas pourquoi. Il n'y avait pas de sot métier. À elle seule, Ombre était plus forte que dix chevaux réunis. Autant mettre pareil atout à profit ! Les gens adoraient qu'un dragon leur vienne en aide. Ces créatures supérieurement intelligentes comprenaient d'emblée ce que leurs employeurs attendaient d'elles.

Comme promis, la femme aida Poll à chausser ses bottes. Aussitôt, il se sentit plus stable et plus sûr de lui. Il suivit son hôtesse dans la salle de séjour, où l'attendait Saffi.

La fillette l'interpella :

— Hé ! M'sieur ! Est-ce que ton dragon va dévorer notre vieille Grattouille ?

— Ne commence pas, Saffi, la réprimanda sa mère. Tu m'avais promis de ne pas l'embêter.

La gamine leva le menton d'un air rebelle.

— Ombre a déjà mangé hier, expliqua Poll avec un sourire. Elle n'a plus faim... Qui est Grattouille, à propos ?

Soulagement et déception se mêlèrent sur les traits de la fillette.

— C'est notre vache. Une vieille rosse. Et méchante, avec ça. Elle me marche tout l'temps sur les pieds. Ça fait très mal : on lui voit les côtes, mais elle pèse son poids.

Ombre s'immisça dans la conversation :

— *Primo, mon dernier repas remonte à avant-hier. Secundo, tu peux rassurer cette enfant : il faudrait que je sois à moitié morte de faim pour m'attaquer à son sac d'os ambulant.*

— Ombre vient de me confirmer qu'elle ne touchera pas à Grattouille, traduisit Poll en version expurgée. Elle préfère chasser les animaux sauvages.

Il regarda autour de lui et prit un ton de comploteur :

— Entre nous, elle est très difficile. Elle prétend que le cerf est meilleur que le bœuf, mais je parie qu'elle ne sait pas faire la différence.

De l'autre côté de la fenêtre, le dragon émit un reniflement amusé. La fillette se couvrit la bouche de la main et pouffa.

— *Tu dis ça parce que tu es jaloux de mon palais de gourmet*, marmonna Ombre.

— *Je dis ça parce que j'ai un bon public.*

— Tu as raison, m'sieur, déclara Saffi. Ton dragon me fait un peu peur, mais je pense qu'il est gentil.

— Je suis content de l'apprendre, répondit Poll.

« Content » était un mot faible. Il était enchanté. La petite fille l'acceptait sans se poser de questions ; Poll en éprouvait une joie sans bornes. Avant sa rencontre avec Ombre, il faisait partie d'une communauté qui le respectait. À présent, sa famille et ses amis lui tournaient le dos. Son statut et son ambition l'avaient éloigné de ceux qu'il aimait. Quant aux autres cavaliers-dragons, Poll ne pouvait s'empêcher de les défier. De leur prouver sa valeur. De mettre une distance entre eux et lui. Ils étaient pétris de préjugés et le rendaient mal à l'aise.

Pourquoi ? À cause de son désir de réussite ? De sa relation avec Ombre ? Auprès d'elle, Poll se sentait invincible. Malgré sa chute humiliante, il était plus déterminé que jamais. L'Oracle lui avait confié la Grande Quête. Quand les dirigeants de l'enclave des dragons de la nuit le sauraient, Poll recevrait les honneurs dus à son rang.

Les autres se méfiaient de Poll. « Attention ! criait-on sur son passage. Un cavalier de la nuit ! Il va voler nos bourses et ordonner à son dragon de dévorer nos chevaux ! » Tout ça parce que les dragons de la nuit avaient des cornes pointues, dc grosses écailles et des yeux rouges. La belle affaire ! On n'avait pas le droit de juger autrui sur son apparence !

Il fallait que ça change. Cela prendrait du temps, mais Poll allait s'y employer.

Chapitre cinq

Intuition dragonique

Une pluie de braises et de brindilles enflammées tombait de la cime des arbres. Des milliers de serpents de fumée émergeaient du tapis de feuilles en émettant des sifflements de fureur. Fous de douleur, les chiens poussaient des jappements apeurés qui se mêlaient aux aboiements de la meute enragée.

Vulcain avait laissé à Nolita le temps de se préparer. La jeune fille avait retenu son souffle, ramené ses bras autour des jambes, baissé la tête et agrippé le pommeau de sa selle de toutes ses forces.

Son dragon ne cessait de l'encourager :

— *Tiens bon. Nous serons en sécurité dans moins d'une minute.*

Ce qui signifiait qu'ils allaient décoller. Sans relever la tête, ignorant les chiens qui tentaient de lui mordre les chevilles et qui griffaient les flancs de Cain, la cavalière glissa les pieds dans les étriers. Excellente initiative. Parce que, l'instant d'après, le dragon du jour s'élançait à travers le rideau d'arbres et de fumée.

Nolita prit une profonde inspiration. La fumée lui emplit les poumons, déclenchant une quinte de toux. La jeune fille crut qu'elle allait s'étouffer. Elle paniqua. La peur, noire et dense, presque oubliée ces derniers jours, referma son poing autour de sa gorge. Le vertige s'empara d'elle. Nolita devait gérer trop de choses d'un coup : sa phobie des dragons, l'attaque des chiens, la fumée suffocante, les murs de flammes qui formaient une voûte oppressante...

Nolita devina que Vulcain s'apprêtait à cracher encore. La vague de chaleur manqua la faire défaillir. Elle perçut une odeur de roussi, une puanteur tenace qui lui envahit la bouche et les narines. Celle de ses cheveux ?...

— *Courage, Nolita !* s'exclama Cain. *Nous y sommes presque ! J'envoie une troisième salve, et nous serons tirés d'affaire !*

La cavalière essaya d'entrouvrir les yeux. Elle avançait dans un brouillard brûlant et rouge. Sous ses fesses, elle sentit la cage thoracique du dragon se dilater. Elle eut le temps de refermer les paupières, juste avant que Vulcain transforme en torche les rares chiens survivants. Derrière eux, les aboiements diminuèrent. Et soudain, de l'air frais balaya le visage de Nolita : ils étaient sortis de la forêt. Les muscles du dragon se contractèrent, et Cain donna un premier coup d'ailes.

Lorsque sa monture décolla, Nolita éprouva un intense soulagement. Ce qui, la semaine passée, suscitait en elle une peur panique lui apportait aujourd'hui un réconfort surprenant. Elle avait échappé à la horde sauvage. Tout en se laissant bercer par le mouvement régulier des ailes, elle aspira une profonde goulée d'oxygène. Sa toux se calma, mais elle garda un goût de brûlé sur la langue.

Ils étaient sauvés... Non, pas encore. Nolita entendit une rafale d'explosions. Ressentit une vive douleur dans la poitrine. Elle était blessée ! Non. *Vulcain* était blessé. Par le lien, elle partageait la souffrance de son dragon. Des projectiles sifflèrent à ses oreilles : on lui tirait dessus ! Encore ces satanées machines qui crachaient des balles !

— *Ne t'inquiète pas*, intervint Vulcain. *Elles ne peuvent plus nous atteindre. Ni nous, ni les autres : Aurore et Dent-de-Sabre sont juste derrière nous.*

La culpabilité la submergea d'un coup. Elle n'avait pas accordé une pensée à leurs compagnons. Des larmes de honte lui inondèrent les joues. Incapable de lâcher le pommeau de sa selle, elle les essuya de l'épaule.

Elle s'éclaircit la voix :

— *Tu es blessé ?*

— *Ce n'est qu'une égratignure*, répliqua Vulcain. *Mes écailles ont empêché les projectiles de s'enfoncer dans la chair.*

— *Me voilà rassurée*, soupira la cavalière.

Il paraissait si loin, le temps où Élias et Kira l'avaient attachée de force sur la selle d'Aurore ! Quel chemin elle avait parcouru depuis ! Au début, elle n'éprouvait que de la terreur et du dégoût pour ce cracheur de feu. À présent, elle se réjouissait qu'il ne soit pas blessé. Quelques détails la dérangeaient encore : la voix dans sa tête, l'envergure démesurée, les écailles, les cornes, les crocs. Mais elle se surprenait désormais à considérer le dragon comme son ami. Ou, du moins, elle ne le voyait plus comme un ennemi.

Cain prenait de la hauteur. À l'est, les premières lueurs de l'aube teintaient le ciel. Nolita tourna la tête à droite et aperçut la silhouette aux lignes pures d'Aurore. Sabre, quant à lui, avait dû se camoufler.

— *Je vais grimper encore*, l'avertit Vulcain. *Non seulement nous deviendrons invisibles pour les soldats au sol, mais l'aube arrivera plus vite.*

— *Pourquoi ?* s'étonna Nolita. *Les dragons commandent aussi au soleil ?*

— *Ce serait trop beau !* s'esclaffa le dragon. *Non, c'est une question d'angles. Je t'expliquerai, si tu veux.*

— *Non, merci. L'année dernière, mon frère Balard a essayé de m'enseigner l'art de poser des pièges. Je n'ai absolument rien retenu de ses explications, et je suis repartie avec une migraine épouvantable.*

— *C'est parce que tu laissais ta peur t'aveugler*, lui révéla Vulcain. *Maintenant que tu sais la maîtriser, tu pourrais développer des talents dont tu ne soupçonnes pas l'existence.*

Des talents ? Lesquels ? Quel potentiel le dragon décelait-il en elle ? Jusqu'à présent, Nolita avait refusé de se servir du lien qui l'unissait à Vulcain. Elle rechignait à parler au dragon par télépathie. Et si elle franchissait ce cap et explorait les pensées de la créature ? Qu'y trouverait-elle ?

Elle avait tout à y gagner. Surmonter ses réticences la rendait plus forte. Un peu inquiète, elle projeta maladroitement ses pensées vers celles de Vulcain, comme si elle touchait un objet répugnant du bout du doigt. Elle éprouva une bouffée d'excitation. Cela lui rappela le jour où elle avait fouillé sa maison pour dénicher ses cadeaux d'hiver. Elle avait adoré le frisson provoqué par le danger. Ses parents risquaient de la surprendre. Elle n'avait jamais rien découvert, mais l'aventure l'avait galvanisée.

Nolita se représenta en train de franchir le pont imaginaire qui la reliait à son dragon. En douceur, elle entrebâilla la porte qui menait aux pensées de Vulcain...

... et la referma d'un coup sec.

Elle ne comprit pas aussitôt ce qu'elle avait vu. Elle avait eu une impression d'immensité, comme lorsqu'elle avait pénétré dans la grotte des Marches du Soleil, en dix fois plus grand. Nolita avait perçu une infinie sagesse, une incroyable quantité de connaissances, amassées au cours de centaines d'années. Une image se forma dans son esprit : celle d'une bibliothèque dont les rayons occupaient l'espace à perte de vue.

La cavalière se rendit compte que Vulcain avait décelé l'intrusion. Pourtant, le dragon ne souffla mot. Il lui fit comprendre que, dorénavant, elle avait le droit de lire dans ses pensées aussi souvent qu'elle le souhaitait. Elle se sentit partagée. Le dragon lui ouvrait les portes de son cerveau, mais voulait-elle réellement renouveler l'expérience ?

Elle regarda le paysage plongé dans l'ombre qui s'étendait sous ses pieds. Rien ne bougeait. Difficile d'imaginer qu'une guerre sans merci déchirait le pays. Que des êtres humains avaient inventé des armes aussi destructrices. Puis le dragon du jour entra dans un nuage, et la température chuta brusquement. Nolita n'entendit que le froufrou régulier des ailes de Vulcain et la brise murmurant à ses oreilles.

Quand l'aube apparut, la jeune fille chassa la vague de panique qui affluait vers elle. Elle avait l'habitude, à présent ; les brèches, avec leur sensation d'apesanteur qui nouait les entrailles, ne l'effrayaient plus vraiment. Elle plongea dans le tourbillon de grisaille et en ressortit au-dessus des montagnes orupéennes.

La peur la frappa avec la violence d'un boomerang. La fois précédente, les dragons avaient failli s'écraser contre les falaises à cause des turbulences. Aujourd'hui, il n'y avait pas de vent, mais une brume pluvieuse brouillait la visibilité. Lancés à une telle vitesse, les dragons pouvaient percuter un pic à tout instant.

— *Tu peux ralentir ?*

— *Difficilement*, répliqua le dragon du jour. *Mes ailes sont conçues pour les vitesses de croisière, pas pour le vol plané.*

— *Alors, descends. La visibilité est meilleure, en dessous.*

— *C'est une illusion d'optique. Plus nous descendrons, plus nous aurons de chances de nous écraser contre une paroi rocheuse. Au moins, en altitude, nous risquons seulement de heurter un pic.*

— *C'est censé me rassurer ?* haleta Nolita. *Comment allons-nous retrouver la caverne de l'Oracle ?*

— *En nous fiant à mon intuition dragonique.*

— *À ton intuition dragonique ?* croassa Nolita.

— *T'inquiète ! Je possède un sens de l'orientation remarquable. L'autre jour, par habitude, j'ai mémorisé quelques points de repère. Je dois avouer que je suis assez doué.*

Nolita n'en doutait pas une seconde. Les points de repère devaient être bien ordonnés dans la bibliothèque mentale du dragon. Néanmoins, ces montagnes étaient semées d'embûches. Comment Vulcain retrouverait-il son chemin dans cette purée de pois ? On n'y voyait pas à trois mètres !

La Riquaméenne se remémora les à-pics vertigineux dont était composée cette région d'Orupée. À la moindre erreur de jugement, elle serait broyée contre une falaise, ou s'écraserait dans la vallée, cinq cents mètres plus bas. Cain survivrait – peut-être – mais pas elle. La peur au ventre, les doigts vissés au pommeau de cuir, Nolita banda ses muscles en prévision du pire.

Dans la brume d'un gris blanchâtre, le claquement des ailes paraissait atténué. Douce comme de la soie, la pluie lui caressait le front et les joues. De petites perles d'eau se formaient sur ses lèvres et lui mouillaient les cils. Derrière elle, Aurore et Dent-de-Sabre étaient pareils à deux ombres fantomatiques, incarnations de ses cauchemars. Elle sentit le vertige l'envahir. Elle avançait dans une mer vaporeuse et infinie.

Les secondes se transformèrent en minutes, les minutes en heures. Et toujours, Nolita se préparait à mourir.

Ce qui faillit se produire quand Vulcain se cabra devant une paroi rocheuse. Nolita manqua d'être désarçonnée. Les dragons se posèrent sur la corniche en trois battements d'ailes, pile devant l'entrée de la caverne de l'Oracle.

— *Terminus ! Tout le monde descend !* s'exclama Vulcain.

— *Comment as-tu fait ?* s'étonna sa cavalière.

— *J'ai triché*, confessa le dragon bleu en riant. *J'aurais pu me fier à mon instinct – celui qui permet à chaque dragon en mission de retrouver la caverne de l'Oracle – mais j'ai appelé les Gardiens à la rescousse. Ils m'ont guidé par télépathie. Sans oublier mon extraordinaire mémoire... Il ne pouvait rien nous arriver.*

— *La prochaine fois, évite les cachotteries*, marmonna Nolita. *J'ai cru notre dernière heure venue.*

— *Excuse-moi. J'aurais dû me rendre compte que tu avais peur... plus que d'habitude.*

Élias et Kira attendaient Nolita devant l'entrée de la grotte. La jeune fille décrispa les doigts, sortit l'orbe de la sacoche et se laissa prudemment glisser le long du flanc de son dragon. Leurs montures sur les talons, les trois amis s'engouffrèrent dans la caverne obscure.

Dès qu'ils aperçurent l'orbe dragonique, les deux Gardiens s'écartèrent pour les laisser passer. Au cœur de la grotte, l'immense salle souterraine paraissait plus sombre que la fois précédente.

« Ce doit être mon imagination, se persuada Nolita en descendant l'escalier en colimaçon qui menait au gigantesque puits creusé dans le sol – la demeure de l'Oracle. Il y a autant de torches. Autant de lumière. Mes yeux ne se sont pas encore habitués à la pénombre. »

Dragons et cavaliers s'arrêtèrent devant le mur qui ceignait le trou béant. Aucune trace du Dragon Fantôme. Pas le moindre souffle d'air. Pas une volute de fumée. Rien. Ils attendirent. Toujours rien.

— Que fait-on ? murmura Nolita.

Husam se raidit. Par réflexe, Tembo le regarda droit dans les yeux. Ces yeux vairons, si étranges, qui n'étaient pas les siens.

— Ils sont de retour, annonça Husam dans un souffle.

Un frisson glacé parcourut l'échine de Tembo. Husam se comportait exactement comme Kasau, leur chef mort une semaine auparavant. Avec sa troupe de chasseurs, Kasau avait poursuivi deux dragons d'une extrême rareté. Il avait traversé la Fiquare du sud au nord, ainsi que la moitié de l'Orupée.

Et dans quel but ? Pour commettre une kyrielle de délits gravissimes. Kasau avait réussi à convaincre son équipe de tuer deux dragons non solitaires, un crime passible de la peine capitale. Le jeu en valait la chandelle, avait-il affirmé. Pour s'enrichir, il fallait oser prendre des risques. Tembo, lui, soupçonnait son chef d'avoir d'autres motivations. Kasau n'était pas du genre à chérir les trésors. Tembo aurait préféré traquer le dragon solitaire – activité autorisée *et* recommandée par les Suzerains, qui souhaitaient se débarrasser de ces créatures meurtrières –, mais il s'était laissé embarquer par son ami Husam. Et maintenant, voilà que Kasau semblait se réincarner en lui. Husam avait les visions, les réactions, les pouvoirs de leur ancien chef.

Tout avait commencé cette fameuse nuit, lors de laquelle Kasau avait succombé. D'abord, les yeux de Husam avaient changé de couleur. Et, pire encore, le chasseur élancé était devenu plus froid. Plus calculateur.

Chaque fois que Tembo avait tenté d'en parler, Husam avait détourné la conversation. Il était toujours le même, prétendait-il. Tembo était à deux doigts de rentrer en Fiquare. La seule chose qui le retenait, c'était deux années d'amitié fidèle. Husam souffrait de cette métamorphose. Il fallait trouver un remède.

Parfois, il redevenait lui-même. De plus en plus rarement, ces derniers temps.

Tembo choisit ses mots avec soin :

— Que comptes-tu faire ?

— Nous ne sommes pas encore prêts, décréta Husam en désignant la lance en os de dragon – celle qui avait appartenu à Kasau.

Il l'avait récupérée dans la prairie, le lendemain de la bataille, ainsi que des munitions : des pointes de lance en os de dragon.

— Il nous faut des hommes, poursuivit-il. Plusieurs chasseurs sont encore dans les parages. Nous allons monter notre équipe, Tembo.

Le gros homme réprima un soupir de soulagement. L'espace d'un instant, il avait cru que Husam allait lui proposer une partie de chasse à deux contre quatre. Car leur proie – le dragon de l'aube – ne volait plus seul, à présent. Trois autres dragons l'avaient rejoint. Les chasseurs se lançaient dans une traque aussi difficile qu'illégale.

Tembo était perplexe. Les dragons ne s'alliaient pas, d'habitude. Surtout les dragons d'espèces différentes. Les dragons de la nuit volaient parfois par petits groupes de deux ou de trois. De temps en temps, les dragons du jour voyageaient en couple. Mais jamais dragons du jour et de la nuit n'unissaient leurs forces. Les deux espèces se détestaient depuis des siècles. Et personne, de mémoire d'homme, n'avait jamais vu les quatre espèces réunies.

— Je vais jeter un coup d'œil dans les environs, proposa-t-il. De combien de temps disposons-nous ?

À nouveau, le regard de Husam se perdit dans le vague.

— Très peu, rétorqua-t-il. Une lourde tâche nous attend. En suivant mon plan à la lettre, nous avons une chance de nous emparer de ce dragon de l'aube. Parce que, quand il reviendra, un seul dragon l'accompagnera.

Comment le savait-il ? Lorsque Husam parlait ainsi, Tembo avait envie de s'enfuir à toutes jambes. Il se fit violence : s'il s'en allait, qui veillerait sur son ami ? Il ne pouvait pas l'abandonner. Pas maintenant. Il devait d'abord percer le mystère de cette transformation. À chaque énigme sa réponse.

Il suffisait de poser les bonnes questions.

Chapitre six

Les sentinelles

Poll ne se sentait pas dans son assiette. Bien qu'il rechignât à l'admettre, il allait devoir atterrir. Il avait retenu la leçon : connaître ses limites ; ne pas narguer le destin. La chance ne lui sourirait pas deux fois. Contrairement à ce qu'il croyait, un dragon n'assurait pas l'invulnérabilité. Et voler n'était pas sans danger, loin s'en fallait.

Il était remonté en selle plus tôt que prévu. Par fierté, plus que par devoir. Affaibli, chancelant, perclus de douleur, le cavalier de la nuit avait serré les dents. Il avait promis aux autres d'être de retour devant l'Oracle avec l'orbe noir d'ici à deux semaines. Il ne reviendrait pas bredouille. Ombre avait protesté pour la forme. Le dragon femelle avait hâte de se remettre en route, elle aussi.

Elle amorça une descente en vol plané.

— *Préfères-tu dormir en ville, ou dresser le camp pour la nuit ?*

Dormir dans un lit... C'était très tentant, mais Poll avait donné la moitié de son argent à la veuve qui l'avait soigné. Il lui restait à peine de quoi s'offrir une nuit dans une auberge. S'il s'arrêtait en ville pour gagner quelques pièces, il perdrait encore du temps.

— *Va pour une nuit à la belle étoile*, soupira-t-il. *Essaie de trouver un endroit près d'un cours d'eau. Mon père dit toujours qu'on guérit plus vite en buvant beaucoup. Or, mon outre est presque vide*, ajouta-t-il en tapotant le récipient de peau accroché à sa selle.

Ombre balaya la campagne du regard, abaissa son aile gauche et prit la direction du nord. Poll était confiant. Son dragon n'avait pas son pareil pour dénicher les bons coins.

Le jeune homme admira le paysage qui défilait sous ses pieds. À cette hauteur – cinq cents mètres environ –, il avait l'impression de contempler un autre monde. Un monde vallonné aux rares villages et aux terres fertiles, qui semblait plat.

Lorsque Ombre descendit, Poll vit distinctement vaches et moutons. Dès que les animaux repérèrent le prédateur, ils prirent la fuite au triple galop.

Le cavalier ressentit l'amusement de son dragon. Le bétail s'affolait sans raison. Ombre n'avait pas faim ; de plus, elle préférait le gibier sauvage. Les daims abondaient, en Orupée de l'Est. Le dragon de la nuit trouverait son bonheur.

À cinquante mètres au-dessus du sol, le tapis multicolore se transforma brusquement en paysage à trois dimensions. Arbres, collines, maisons... tous les éléments prirent de la substance. Quand Souffle d'Ombre se posa près du ruisseau bordé d'arbres, Poll éprouva des fourmillements familiers au creux du ventre.

Le jeune homme adorait le moment qui précédait l'atterrissage. Passer du monde de l'air à celui de la terre était surréaliste. Les choses allaient très vite : le cœur de Poll s'emballait, le dragon réduisait sa vitesse d'un coup, courait sur quelques mètres et, soudain, tout s'arrêtait. Ombre ne pouvait pas faire autrement : si elle se posait sans ralentir, elle piquait la tête la première dans le sol. Et si elle freinait trop, c'était la chute libre. Pour l'essentiel, un atterrissage réussi dépendait d'une savante maîtrise du vent – et Ombre n'avait pas son égal en ce domaine.

Aujourd'hui, les conditions étaient idéales : sol plan et brise légère. Poll ne savoura pas cet instant : il souffrait le martyre. Dès que le dragon se fut immobilisé, il se laissa glisser le long de ses côtes en poussant un grognement.

Il décrocha son outre, la déboucha et but une longue gorgée. L'eau le revigora. Il faisait chaud, en cette fin d'après-midi. La sueur lui dégoulinait dans le dos. Il ôta son pantalon et sa veste de vol.

À l'ouest, le soleil rougeoyait. Si Poll voulait construire un abri, il allait devoir se dépêcher. Il avait mal rien que d'y penser.

— *Tu n'auras qu'à te blottir contre moi et t'abriter sous mon aile*, intervint Ombre. *Tu ne pourras pas allumer de feu, mais mon corps produit suffisamment de chaleur. Tu n'auras pas froid.*

— *Merci*, répondit-il à voix haute en appuyant sa joue sur le flanc du dragon.

Il n'avait pas besoin d'en dire davantage. Ombre ressentait la bouffée d'amour et de gratitude que lui envoyait son cavalier. Poll prolongea ces secondes d'intimité, puis tituba jusqu'au ruisseau.

Il crut qu'il n'y arriverait jamais. Il avait l'impression qu'on lui enfonçait des piques dans le dos. Qu'il n'avait plus de muscles dans les jambes et que ses veines charriaient de la glu.

L'eau était limpide et peu profonde. Poll vida son outre, s'agenouilla, remplit le récipient et but encore. Le liquide frais lui coula dans la gorge, lui insufflant un regain de vigueur.

Il reboucha son outre, se releva... et la terre se mit à tourner. Il revint vers Ombre en chancelant, puis fronça les sourcils. Quelque chose clochait. Les contours de son dragon étaient flous. L'herbe ondulait sous ses pieds.

Il perdit connaissance avant même de toucher le sol. Ombre lui constitua un rempart de son corps. À la nuit tombée, elle essaya de le réveiller par télépathie. En vain. Poll ne s'était pas évanoui – il avait été terrassé par la fatigue. Une fois encore, il était allé au bout de ses forces. Ombre le comprenait, mais elle allait devoir le raisonner. Autrement, elle risquait de le perdre pour de bon.

— *Je n'ai pas patienté plusieurs siècles pour que tu meures si vite*, lui dit-elle. *Dors bien, cavalier-dragon. L'orbe de la nuit ne va pas s'envoler...*

Les jours suivants, Ombre mit les bouchées doubles. À grands coups d'ailes puissants, elle traversa l'Orupée de l'Est, la mer du Nord, et atteignit l'Iséa en une petite semaine. Sans relâcher la tension – même la nuit. Poll et elle n'avaient pas besoin de parler ; ils ressentaient tous deux l'urgence de la situation.

Au début, le dragon fit plusieurs pauses : il fallait ménager son cavalier. Puis, peu à peu, ce dernier reprit du poil de la bête et put parcourir des distances plus importantes. Bientôt, Ombre et lui arrivèrent en vue des montagnes qui abritaient l'enclave des dragons de la nuit. Poll avait perdu la notion du temps. Pour lui, son voyage se résumait à une succession de vols et d'arrêts durant lesquels il parvenait à peine à reprendre son souffle.

Ombre était épuisée, elle aussi. Elle avait poussé ses limites au maximum. Heureusement, le vent d'ouest les avait portés tout au long de leur périple. Ils avaient ainsi rattrapé le retard dû à la chute de Poll. S'ils récupéraient l'orbe sans encombre, ils seraient de retour devant l'Oracle avant l'échéance prévue.

Pour la première fois, le doute s'empara de Poll : et

s'il échouait ? Si l'orbc n'était pas dans l'enclave ? Il se remémora l'énigme de l'Oracle :

Libère l'orbe noir, car la mort, c'est ma vie,
Suis les conseils des preux, mais prends garde à la lame,
Prudence est maître mot – réflexion, bonté d'âme.
Si tu sers la justice, les menteurs seront punis.

Le cavalier haussa les épaules : il n'était pas bête. Il avait compris que l'« orbe noir » faisait référence à l'orbe de la nuit, et que les « preux » n'étaient autres que les dirigeants de son enclave. Certainement pas des cavaliers du jour, quoi qu'en dise Élias.

Devant, se dressaient les montagnes, majestueuses dans leur parure violette rehaussée de blanc. Elles étaient gigantesques, bien plus hautes que celles d'Orupée. Et Ombre s'en rapprochait à toute vitesse. Le cœur de Poll se mit à tambouriner dans sa poitrine. Le dragon bifurqua vers le sud, s'engagea dans le défilé qui menait à l'enclave et annonça :

— *Les sentinelles nous ont vus.*

— *Déjà ?* s'étonna le cavalier.

— *Elles quadrillent le périmètre sur plusieurs lieues à la ronde. Ordre de Ségun.*

Ségun. Le dirigeant de l'enclave des dragons de la nuit ne plaisantait pas avec la sécurité. Poll le connaissait de réputation. C'était un génie dépourvu de manières qui s'était autoproclamé chef. Rien que d'entendre son nom, Poll en avait la chair de poule.

Pourtant, il avait hâte de le rencontrer. Tous les doyens lui avaient prêté allégeance. Ségun avait éliminé sans pitié ceux qui s'opposaient à lui. Poll ne souhaitait pas l'importuner. Il voulait juste l'impressionner.

Scrutant le ciel, il aperçut les sentinelles assises sur les corniches qui surplombaient le défilé. Les deux énormes dragons noirs surveillaient leur progression d'un œil malveillant. Ségun s'entourait de précautions inutiles. Nul, sur Treer, n'était assez puissant pour prendre d'assaut la forteresse qui abritait les dragons de la nuit... sauf, peut-être, les dragons du jour. Mais cela n'arriverait jamais. Les dragons bleus avaient un sens bien trop aigu de la chevalerie. Ils frappaient de front. Jamais par-derrière.

Ombre n'avait pas parcouru dix mètres que les sentinelles fondirent sur elle comme deux faucons sur leur proie. La monture de Poll n'était pas dupe :

— *Ne fais pas attention à ces m'as-tu-vu*, lâcha-t-elle avec calme. *S'ils avaient vraiment voulu nous attaquer, ils auraient agi autrement. Ils vont beaucoup trop vite ; il me suffirait de les esquiver pour les envoyer s'écraser au sol.*

— *Qu'est-ce que tu attends ?* s'énerva Poll.

— *Je refuse d'entrer dans leur jeu. Dédaigne-les.*

Toutes griffes dehors, les sentinelles les frôlèrent en rugissant. Imperturbable, Ombre ne dévia pas sa trajectoire d'un pouce. Poll, obéissant à sa partenaire, n'accorda pas un regard aux deux dragons noirs.

L'espacc d'un instant, il se crut coincé entre deux typhons tonitruants et sursauta malgré lui.

— *Continue*, l'encouragea Ombre. *La meilleure des défenses, c'est le mépris.*

À présent, les sentinelles volaient de part et d'autre de Souffle d'Ombre. Une drôle d'escorte.

— *Tu aurais dû leur rendre la monnaie de leur pièce !* s'exclama Poll.

— *À quoi bon ? Tuer deux dragons de la nuit et leurs cavaliers ? Très peu pour moi. Ils ont voulu jouer au plus fin et auraient pu y laisser la vie. À cette vitesse, une collision ne pardonne pas. Je suis persuadée que Ségun et Aile-de-Titan, son dragon, désapprouveraient leur attitude, eux aussi. Ces cavaliers sont des imbéciles. Et Ségun n'apprécie pas beaucoup les imbéciles.*

Poll avait du mal à écouter la voix de la raison. C'était un guerrier dans l'âme. Pourquoi se faire ridiculiser par deux cavaliers qui ne lui arrivaient pas à la cheville ? En d'autres circonstances, il aurait ordonné à Ombre de montrer à ces crâneurs de quel bois il se chauffait. D'ailleurs, ils ne perdaient rien pour attendre. Dès qu'ils sauraient qui il était, les membres de l'enclave lui témoigneraient le respect auquel il avait droit. Poll avait été désigné pour diriger la Grande Quête. Il était quelqu'un, désormais ! Et s'il réussissait, on lui proposerait peut-être de siéger au Conseil des Doyens...

Il ignora les deux dragons noirs à contrecœur. Constatant que leurs provocations le laissaient de marbre, ces derniers finirent par se lasser et reprirent leur poste sur la corniche.

Ombre s'engagea dans le dédale de pics qui s'étendait au-delà du défilé. Par bonheur, le dragon de la nuit connaissait la région sur le bout des griffes. Poll, bien qu'il eût déjà visité la région, était désorienté.

En théorie, on pouvait accéder au cœur de la montagne d'à peu près partout ; dans les faits, seules trois routes étaient sécurisées. Certains cavaliers tentaient de rejoindre l'enclave en survolant les pics. Plusieurs y avaient trouvé la mort. Cette enclave était la mieux protégée de toutes.

De l'autre côté de la montagne, il y avait une vaste vallée orientée nord-sud. Ombre tourna légèrement à droite et descendit de quelques dizaines de mètres. Perdu dans cette immensité, Poll se sentit soudain minuscule. Il se faisait l'effet d'une mouche cernée par un escadron de tapettes géantes. Il n'avait pas peur ; il était simplement nerveux. Et plus vigilant que jamais.

Voler entre deux chaînes de montagnes était un exercice très périlleux. Mieux valait rester sur ses gardes, y compris par temps clair. La vallée n'en était pas vraiment une – plutôt un couloir pris en sandwich entre deux parois de roche interminables. Les vents s'y engouffraient comme dans un entonnoir et se mettaient à tournoyer là où on s'y attendait le moins. Par endroits, il y avait des courants d'air descendants ou ascendants capables de vous plaquer au sol ou de vous projeter contre l'à-pic en un battement de cœur. Parfois, l'air enflait comme une vague et vous expédiait cent mètres plus loin. Dès qu'il vit Ombre plonger dans la vallée, Poll enroula les rênes autour de ses poignets et cala ses pieds dans les étriers.

Pendant l'heure qui suivit, Ombre franchit tour à tour vallons et gorges étroites. Elle glissait et remontait le long des courants ascendants comme sur des montagnes russes. Poll en avait l'estomac retourné. En passant le dernier obstacle – un petit val en forme de V –, il crut mourir. Un millier de tourbillons ricochaient contre les falaises et rasaient les cuvettes en hurlant. Leurs sifflements évoquèrent à Poll autant de bouches d'ogres criant à l'unisson.

Lorsque la vallée s'élargit, le jeune homme en eut le souffle coupé. Un pic démesuré troué de grottes se dressait vers le ciel, transformant la voie aérienne en cul-de-sac. Si plusieurs cavernes étaient naturelles, la plupart avaient été créées par les dragons. Les silhouettes d'une centaine de dragons noirs se découpaient devant leur entrée.

Poll et Ombre étaient arrivés à destination.

La paroi de roche grise évoquait un repaire de vers géants. Le cavalier se demanda comment l'escarpement ne s'était pas encore écroulé.

Sans la moindre hésitation, Ombre se dirigea vers la grotte la plus vaste. Poll sentit les battements de son cœur s'accélérer.

Enfin. Son heure de gloire avait sonné.

Chapitre sept

Ségun

Le cavalier de la nuit n'en crut pas ses oreilles.

— Tu as bien dit : la Grande Quête ? Dans ce cas, suis-moi. Ségun va te recevoir sur-le-champ, Pall.

— P*o*ll, rectifia le jeune homme avec calme. Poll, cavalier de Souffle d'Ombre.

Tout se déroulait exactement comme prévu. La mission de Poll devenait prioritaire ; cela s'entendait à la voix de son interlocuteur. Pourtant, le garçon avait un mauvais pressentiment.

— *Un souci ?* s'inquiéta Ombre.

— *Je suis nerveux à l'idée de rencontrer Ségun*, admit Poll.

— *Ne crains rien. À nous deux, nous sommes aussi forts, sinon plus, que n'importe quel couple de cette enclave. Et Ségun respecte les forts.*

— *Je me sens encore un peu faible. J'espère que Ségun ne le devinera pas.*

— *Tes blessures ont guéri étonnamment vite*, se récria Ombre. *Certains auraient mis plusieurs semaines avant de remarcher. Toi, tu étais sur mon dos le lendemain de ta chute ! La force est ton principal atout. Ne l'oublie jamais, surtout en présence de Ségun... Je dois te laisser, à présent. Pendant ton entrevue avec le dirigeant de l'enclave, nous ne pourrons pas parler. Je vais avoir l'honneur d'attendre avec Aile-de-Titan et les doyens des dragons, mais leur grotte est à l'opposé. Bonne chance, cavalier-dragon. Tu vas réussir, j'en suis intimement convaincue.*

Malgré les paroles de réconfort de son dragon, Poll ne parvenait pas à se débarrasser de la douleur sourde qui lui tordait le ventre. Tant pis. Il était trop tard pour faire marche arrière.

Son guide ouvrit la porte en bois scellée dans la petite arche de pierre qui se découpait dans le mur de droite. Poll le suivit dans un tunnel éclairé par des torches et dut se baisser pour passer sous l'arche. Le couloir était grossièrement taillé. Ici, on ne s'embarrassait pas de détails. À intervalles réguliers, de gros madriers de bois soutenaient le plafond. Poll rentrait la tête pour les éviter. Ils n'avaient pas l'air très solides. Comment pouvaient-ils supporter le poids de la montagne ? L'espace d'un instant, Poll se vit aplati comme un insecte sous les énormes blocs de roches. À nouveau, il se sentit fragile et minuscule. Il détestait cette impression.

Le passage comportait plusieurs portes fermées, puis, après un coude, se terminait par une énième porte en bois. Un dragon de métal noir était incrusté dans son panneau.

Le cavalier toqua et ouvrit sans attendre d'être invité à entrer.

Une voix sèche et dure comme le granit émergea de la pièce :

— Encore toi, Murvan ? J'avais ordonné qu'on ne me dérange pas.

— Un cavalier du nom de Poll désire s'entretenir avec toi, Seigneur. Il prétend être assigné à la Grande Quête.

Bref silence. Murmures incompréhensibles. Un détail intriguait Poll : les cavaliers-dragons ne possédaient aucun titre de noblesse. Alors pourquoi ce Murvan avait-il appelé Ségun « Seigneur » ? Le dirigeant de l'enclave était le fils d'humbles fermiers. Étrange...

— Fais-le entrer, reprit la voix. Prépare-lui une chambre et appelle des serviteurs.

C'était un ordre. Pas une requête. À l'évidence, Ségun était fâché avec la notion de politesse. Autre chose : le dirigeant ne semblait pas surpris par l'arrivée de Poll. Qui l'en avait averti ?

Poll fut introduit dans la Salle du Conseil. L'endroit cadrait parfaitement : meubles austères et murs droits ornés de gigantesques dragons noirs stylisés.

Au centre de la pièce, six hommes étaient assis autour d'une longue table rectangulaire. Poll repéra

Ségun immédiatement : plus grand que la moyenne, le dirigeant dégageait un charisme de chef. Il avait un visage grossier, rasé de frais, une cicatrice au menton, d'épais sourcils noirs et des cheveux bruns, coupés court, qui grisonnaient aux tempes. Mais le plus troublant, c'était son regard. Un regard de glace pure. Ses yeux bleu pâle transperçaient Poll, pareils à des lances de givre.

— Sois le bienvenu, Poll, cavalier de... ? dit-il d'une voix tonitruante.

— Souffle d'Ombre, compléta le jeune homme.

Il choisit de ne pas ajouter « Seigneur ».

— Je me souviens de toi, fit Ségun, plus affable. Tu es un Iséen des Steppes centrales et tu as rencontré ton dragon voilà deux années.

— Exact.

— Que puis-je faire pour toi ? On m'a dit que tu avais été assigné à la Grande Quête ?

Poll eut la bouche sèche, tout à coup. Les six cavaliers braquaient sur lui un regard intense. Ségun, lui, demeurait imperturbable. Le jeune homme s'humecta les lèvres, attentif à ne pas commettre d'impair.

— Encore exact, approuva-t-il sans se presser. Les explications de l'Oracle sont très mystérieuses. Mes compagnons et moi n'avons pas pu tout déchiffrer. Je pense que vous saurez m'aider à trouver l'orbe de la nuit.

Ségun jeta un regard entendu à ses conseillers.

— C'est vrai, reconnut-il. La Grande Quête rassemble toujours quatre cavaliers. Nous savons que l'Oracle se meurt. Dis-nous-en plus sur ta mission : la dernière Grande Quête remonte à des dizaines d'années... Ceux qui y sont affectés sont des cavaliers exceptionnels. L'Oracle doit vous tenir en très haute estime, tes compagnons et toi.

Poll bomba le torse et ses doutes fondirent comme neige au soleil. Il s'était fait du souci pour rien. Ces gens avaient su déceler le héros qui était en lui. Il se détendit et entreprit de leur conter l'histoire par le menu. À mesure qu'il parlait, il gagnait en assurance.

Il leur décrivit ses compagnons, indiquant leur nom, leur origine, ce qu'il pensait d'eux. Rapporta leur rencontre avec l'Oracle dans les moindres détails. Mentionna à peine la bataille contre les chasseurs de dragons. Leur avoua qu'il avait refusé de se rendre dans l'enclave des dragons de jour. Pas par lâcheté. Non ! Pour ne pas jeter de l'huile sur le feu : entre les enclaves du jour et de la nuit, la guerre était imminente. Seul l'Oracle maintenait la précaire entente entre les deux espèces. Poll omit d'évoquer sa chute, mais il insista lourdement sur le comportement des sentinelles dans la passe Orientale.

Ségun et ses conseillers l'écoutèrent sans broncher. Quand il eut achevé son récit, Ségun se pencha vers ses voisins et entama avec eux un conciliabule de chuchotis animés. La situation était grave.

— Saurez-vous m'aider à trouver l'orbe de la nuit ? redemanda Poll au bout d'un moment.

Irrité par cette interruption, Ségun le foudroya du regard. Cette réaction réveilla la colère de Poll.

— Répète la strophe concernant l'orbe de la nuit, aboya le dirigeant de l'enclave.

Décontenancé par le ton agressif de Ségun, Poll s'exécuta :

— *Libère l'orbe noir, car la mort, c'est ma vie,*
Suis les conseils des preux, mais prends garde à la lame,
Prudence est maître mot – réflexion, bonté d'âme.
Si tu sers la justice, les menteurs seront punis.

Nouveaux regards en coin entre Ségun et ses conseillers. Hochements de tête approbateurs.

— Es-tu sûr de n'avoir rien oublié ? reprit l'homme aux yeux de glace. Un détail sur tes compagnons, peut-être ? Le moindre élément compte.

— Je vous ai dit tout ce que je savais, affirma l'Iséen.

— Eh bien, Poll, cavalier de Souffle d'Ombre, tu as rendu un fier service au Conseil des dragons de la nuit, déclara Ségun. L'Oracle nous gouverne depuis trop longtemps. Et toi, tu nous offres sur un plateau l'occasion de nous en débarrasser. Lui mort, cavaliers et dragons pourront enfin prendre dans la société la place qui leur revient de droit. Et nous deviendrons les maîtres du monde.

— Mais... Mais si l'Oracle meurt, les dragons s'éteindront aussi ! bredouilla Poll.

La voix de Ségun claqua comme un fouet :

— Mensonge !

À présent, la fureur illuminait ses yeux.

— C'est ce que l'Oracle veut nous faire croire, enchaîna-t-il. Voilà des siècles que ce fantôme nous dirige. Nous manipule. Nous importune. Nous empêche de régner sur Treer. Les dragons sont aveuglés par la loyauté qu'ils lui vouent. Je vais te dire la vérité, moi : sans l'Oracle, la race des dragons sera encore plus puissante ! Tout le monde nous craindra. Même les chasseurs de dragons. La Grande Quête ne doit pas être menée à son terme. Si tu t'entêtes, les dragons seront à jamais réduits en esclavage.

Bien qu'intimidé par la rage de Ségun, Poll sentit le feu de la colère grandir en lui. L'Oracle l'avait choisi, lui, Poll, cavalier de Souffle d'Ombre. Pas Ségun, ni l'un de ses acolytes. Il avait droit à son moment de gloire. Et ce n'était pas un tyran qui allait l'en priver.

— Et si vous vous trompiez ? siffla-t-il.

L'un des lieutenants aspira un filet de salive qui lui coulait de la bouche. Ségun écarquilla les yeux avant de plisser les paupières. Il y eut un bruit de bois qui racle contre la pierre ; trois hommes se levèrent d'un bond. Poll vit briller l'éclat de l'acier.

« *Prends garde à la lame...*, avait dit l'Oracle. *Prends garde à la lame...* »

Il tressaillit en apercevant un poignard dans la main d'un conseiller.

D'un geste, Ségun ordonna à ses hommes de se rasseoir. Le poignard fut rengainé ; les chaises reprirent leur place. Le cœur battant la chamade, Poll lâcha un long soupir. Rien d'autre. Il ne montrait pas sa peur à Ségun. Il se redressa et regarda le dirigeant droit dans les yeux.

— Je ne me trompe jamais, déclara le chef de l'enclave d'une voix suave.

Puis il haussa brusquement le ton :

— Pour qui te prends-tu, Poll ? Tu n'es qu'un ver de terre ! C'est *moi* qui décide qui est important, ici ! Et j'ai décidé que l'Oracle avait assez vécu. Cela te pose un problème ?

— Oui, rétorqua Poll en levant le menton. Je suis l'Élu. Je dois trouver l'orbe noir – tel est mon destin. Je suis au regret d'admettre que mes compagnons avaient raison : vous ne pouvez pas être les « preux » évoqués par l'Oracle. Je vais donc continuer mes recherches, ajouta-t-il en faisant volte-face.

— Murvan ! rugit Ségun.

La porte s'ouvrit à la volée sur six armoires à glace. Poll se retourna : les six lieutenants avançaient vers lui d'un air menaçant. Il était fait comme un rat. Et Ségun n'avait pas bougé le petit doigt.

Que faire ? Se battre ? Il se sentait encore trop faible. Et puis... à un contre douze ? C'était du suicide.

— Si tu me tues, Ségun, mon dragon piquera une colère noire, gronda-t-il. Et tu n'imagines pas de quoi Ombre est capable quand elle est folle furieuse.

Le chef de l'enclave eut un sourire cruel.

— Pourquoi voudrais-je te tuer ? Tu n'en vaux pas la peine ! La prison suffira. Dès que nous aurons détruit l'orbe noir, je te relâcherai. Peut-être qu'alors tu seras devenu raisonnable et que j'aurai une place pour toi dans notre nouveau Treer. Murvan, emmène-le !

— À tes ordres, Seigneur, répondit le cavalier.

— Tu ne l'emporteras pas au paradis, Ségun ! s'écria Poll d'une voix caverneuse.

— Pour toi, gamin, ce sera *Seigneur* Ségun, répliqua le tyran. Et le paradis, j'y suis presque. L'Ère des Dragons approche. J'en ai déjà posé les jalons.

Chapitre huit

Une nouvelle quête

Quand Nolita sortit l'orbe de sa sacoche, la lumière de la grotte s'intensifia. La jeune fille frémit : le globe de cristal était graisseux entre ses doigts. Soudain, un soupir émergea du puits. L'Oracle apparut, brume tourbillonnante en forme de tête de dragon.

À nouveau, la voix pareille à un carillon géant tinta dans l'esprit des cavaliers-dragons :

— *Ahhh ! L'Orbe du Sang ! J'étais certain que tu ne me décevrais pas, Nolita. Approche. Jette-le dans le puits.*

La sphère de cristal au creux de la main, Nolita fit un pas vers l'Oracle. Elle allait enfin pouvoir se débarrasser de cet objet qui lui avait coûté tant d'efforts. À cause de lui, elle avait dû affronter ses pires craintes. Subir l'attaque d'un serpent géant et d'une meute de chiens enragés. Quand l'orbe lui avait sucé le sang, la jeune fille avait cru mourir. Alors, qu'attendait-elle ? Voilà qu'elle hésitait à s'en séparer, maintenant ! C'était le symbole de la plus précieuse des victoires.

Grâce à lui, Nolita avait dompté ses angoisses. Elle avait envie de le garder, rien que pour elle, en guise de trophée.

Elle s'avança jusqu'au bord du puits. La silhouette de l'Oracle la dominait de toute sa stature.

— Vas-y, Nolita, l'encouragea Élias. Tu n'as rien à redouter. L'Oracle a besoin de cet orbe. Donne-le-lui. Le temps presse. Nous devons en trouver trois autres.

Élias croyait que Nolita avait peur. Il se trompait, bien sûr.

— *Débarrasse-t'en*, ajouta Vulcain dans l'esprit de la jeune fille.

Nolita ferma les yeux. Pour la première fois de sa vie, elle avait le sentiment d'être délivrée du fardeau de la crainte. Ici, auprès de l'Oracle, elle se sentait plus en sécurité que jamais. Elle serra l'orbe contre son cœur, inspira à pleins poumons et le lâcha dans le puits. Il ne s'écrasa pas au fond. Il n'y eut aucun bruit de verre brisé. La sphère flottait-elle dans le vide ? Nolita rouvrit les yeux : l'Orbe du Sang avait disparu.

— *Ahhh !* soupira de nouveau l'Oracle. *Je vous remercie. À présent, il va falloir agir vite : en s'écartant du droit chemin et en préférant écouter son ambition plutôt que mes conseils, Poll a accru vos risques d'échec. Savez-vous où il se trouve ?*

— Dans l'enclave des dragons de la nuit, lui révéla Élias. Il a mal interprété le sens de votre énigme. Il aurait dû aller voir les griffons, comme nous l'avait dit Barnabas.

— *Si fait*, opina le Dragon Fantôme. *Je vous avais demandé de ne pas vous séparer ; Poll n'en a pas tenu compte. Maintenant, nous allons tous devoir payer le prix de son insouciance. Ségun, le dirigeant de l'enclave des dragons de la nuit, sait que la Grande Quête est en marche. Il fera l'impossible pour vous empêcher de la mener à son terme, car il souhaite mon trépas. Ses lieutenants et lui refusent d'accepter la mission que je leur assigne ; ils pensent à tort que les dragons n'ont pas besoin d'une raison de vivre. Sans but, la race des dragons sombrera dans le chaos. Et Treer ne sera plus qu'un champ de ruines. Jadis, il y avait plusieurs Dragons Fantômes. Je suis l'unique survivant. Sans Oracle pour les guider, les dragons périront. Je porte une lourde responsabilité sur mes épaules. M'aiderez-vous ? Saurez-vous accomplir la Grande Quête en quelques semaines ?*

Nolita frissonna. Sa mission n'était pas terminée. Loin de là. Elle ne resterait pas les bras croisés à regarder les autres se battre. Oui, elle avait rapporté l'orbe du jour. Oui, elle avait honoré sa part du marché. Si elle suivait les autres, elle irait au-devant des pires dangers. Eh bien, soit ! Elle ne supportait pas de demeurer à l'écart. De plus, sans Élias et Kira, Nolita n'était pas sûre de pouvoir surmonter la peur que Vulcain lui inspirait.

— Que va faire Ségun ? voulut savoir Kira.

— *Tenter de trouver le deuxième orbe avant vous et le détruire*, gronda l'Oracle. *Prenez garde à lui, cavaliers-dragons. Ségun ne connaît pas la pitié et a su s'entourer de lieutenants fidèles. Même si ses projets échouent, il vous tuera sans hésiter.*

— Alors, qu'attendons-nous ? lança Kira avec un regard farouche à ses deux compagnons. Il faut récupérer l'orbe de la nuit avant lui !

Élias acquiesça, mais Nolita, qui ne quittait pas l'Oracle des yeux, murmura :

— Non. Ce n'est pas à nous de le faire.

— Qu'est-ce que tu racontes ? s'énerva Kira.

— *La cavalière du jour a raison*, reprit l'Oracle. *Seul un cavalier de la nuit pourra dérober l'orbe noir. Vous devez donc retrouver Poll.*

La Fiquarienne grommela un juron dans sa langue.

— Nous n'avons pas le choix, conclut Élias. Il faut aller en Iséa. En passant par les brèches, nous arriverons peut-être à temps. Tel que je le connais, Poll a dû avertir Ségun, à l'heure qu'il est. Et si le dirigeant de l'enclave devine que les « preux » désignent les griffons, je ne donne pas cher de sa peau...

Kira réfléchit un instant.

— Pas forcément, estima-t-elle. À la place de Ségun, j'enfermerais Poll dans un endroit isolé, où Ombre ne pourrait pas le rejoindre. Ensuite, je me mettrais à la recherche de l'orbe.

— *Ta logique confirme mes prédictions, cavalière du crépuscule*, approuva l'Oracle. *Partez sans tarder. Vous devez délivrer Poll et vous emparer de l'orbe avant Ségun. Bonne chance.*

À ces mots, l'apparition vaporeuse se recroquevilla et disparut dans les profondeurs de la cavité circulaire. On entendit un ultime soupir, puis ce fut le silence. La lumière diminua dans la grotte. Dragons et cavaliers fixèrent le puits un long moment, comme hypnotisés.

— En route ! s'exclama soudain Kira, brisant l'enchantement.

Nolita lui jeta un regard admiratif. Quel courage, quelle force de caractère chez la jeune Fiquarienne ! La jolie blonde l'enviait. Si elle avait été comme elle, les choses auraient été différentes. Elle l'observa remonter la rampe d'un pas décidé, puis entendit Élias lui demander :

— Tu viens, Nolita ?

La jeune fille lui répondit par un sourire.

Élias, le courtois. Élias, le chevalier du ciel. Si noble. Et si naïf. Nolita trouvait cela touchant, mais le jeune homme allait devoir s'endurcir. Ségun et ses lieutenants ne lui feraient pas de cadeau. Parfois, il fallait savoir mettre son honneur de côté...

Dehors, la brume s'était épaissie. Aussitôt, Vulcain tenta de rassurer sa cavalière :

— *Je rejoindrais notre campement les yeux fermés. C'est l'affaire de quelques minutes.*

Nolita avala sa salive. En vol, les minutes lui paraissaient des heures. Chaque fois, elle découvrait un nouveau danger. Et quand il n'y en avait pas, elle en inventait. Sans parler du combat intérieur qu'elle livrait dès qu'il fallait monter en selle. Malgré les éloges de l'Oracle et sa victoire indéniable, Nolita ne se sentait pas encore à sa place parmi les cavaliers-dragons.

De plus, elle savait que le temps leur était compté. Pour libérer Poll et s'emparer de l'orbe avant Ségun, il n'y avait qu'une seule solution : les brèches. Et visiter le monde étrange qui s'étendait de l'autre côté n'était pas une partie de plaisir.

Vulcain la tira de ses pensées :

— *Tout le monde est prêt. On n'attend plus que toi.*

Nolita serra les dents, inspira à fond et marmonna :

— Du cran, ma vieille. On ne peut quitter cet endroit qu'à dos de dragon. Alors résigne-toi.

La jeune fille croyait qu'à la longue sa répulsion s'atténuerait. Pourtant, le contact des écailles du dragon bleu lui inspirait toujours autant de dégoût. Les larmes aux yeux, elle s'installa sur la selle et cala ses pieds dans les étriers. Quand parviendrait-elle enfin à faire corps avec sa monture ?

Quand elle fut prête, Vulcain s'élança dans le ciel laiteux. Comme promis, le voyage fut très bref. Les trois dragons volèrent côte à côte jusqu'à la prairie bordée d'arbres.

Juste avant l'atterrissage, la nappe de brume se dissipa brusquement. Nolita eut l'impression de passer du rêve à la réalité. Lorsqu'elle mit pied à terre, elle s'aperçut qu'elle était trempée jusqu'aux os. Ce n'était pas agréable de traverser un nuage de brouillard humide.

Kira prit la direction des opérations : ajouter des branchages au toit de l'abri, emplir les outres d'eau, ramasser assez de bois pour la nuit. La Fiquarienne brillait par son efficacité. Au début, Nolita obéit de mauvaise grâce, puis la perspective de se réchauffer autour d'un bon feu la stimula.

Ensuite, les cavaliers-dragons mirent bottes et vestes à sécher sur l'étendoir improvisé fabriqué par Kira – des branches assemblées avec de la ficelle. Pour finir, la Fiquarienne envoya Élias chercher trois grosses pierres rondes.

— Pour quoi faire ? s'étonna le jeune homme.

Kira avait pensé au moindre détail :

— Nous allons les chauffer aux flammes, les envelopper dans nos tuniques de rechange et les placer au bout de nos paillasses. Ainsi, nous n'aurons pas froid aux pieds. C'est une vieille astuce de chasseur.

— Pas bête, commenta Élias.

Ce bivouac fut le plus confortable de tous. Quand Élias réveilla Nolita peu avant l'aube, la jeune fille ne laissa pas la pluie entamer son bel enthousiasme. Les bouillottes de Kira avaient opéré des merveilles.

En plus, l'abri était parfaitement étanche. Nolita se sentait si bien qu'elle serra Kira dans ses bras. La jeune Noire, quoique gênée, parut contente.

— Je ferais bien pareil, si tu n'étais pas armée, ironisa Élias avec un clin d'œil. Tu as eu une idée géniale, Kira. Je recommencerai chaque nuit, même dans un lit douillet.

— Je devrais peut-être proposer mon invention aux aubergistes de la région ? plaisanta la Fiquarienne.

Elle reprit son sérieux et enchaîna :

— Avalons un morceau avant de partir. Ça m'étonnerait que nous trouvions de quoi manger de « l'autre côté ».

— Au moins, les chiens ne se jetteront plus sur nous, maintenant que nous nous sommes débarrassés de l'orbe, déclara Élias.

— Nous ne serons pas en sécurité pour autant. Quitte à repartir pour une nouvelle quête, je préfère le faire le ventre plein.

Kira sortit de sa musette une miche de pain et du fromage.

— Servez-vous. Le jour ne va pas tarder à se lever.

Poll bouillonnait de rage. Quand on l'avait enfermé, il avait donné libre cours à sa fureur. Il avait martelé la porte de sa cellule, beuglé des insultes aux gardes qui l'y avaient traîné. Maintenant, il avait les poings en sang et la voix cassée. L'œil plaqué contre le trou de la serrure, il évaluait ses chances d'évasion, pour la centième fois. Les possibilités étaient minces. À vrai dire, il y en avait deux.

Malgré les torches qui l'éclairaient, Poll ne voyait pas grand-chose dans le couloir. Il entendait des bribes de conversations – les gardes, probablement. Pourquoi avait-on posté des gardes devant sa cellule ? Qui enfoncerait une porte aussi solide !

La cellule était plongée dans le noir. Une fois ses yeux habitués à l'obscurité, Poll la détailla : un carré de deux mètres sur deux, meublé d'une couche au matelas de paille. On avait creusé un trou au fond. À en juger par la puanteur, le cavalier devina sans peine son utilité. L'odeur d'urine lui donnait envie de vomir. Pourquoi avait-on construit un endroit pareil au sein de l'enclave ? Ségun y enfermait-il les cavaliers qui lui résistaient ?

Poll se concentra. Il fallait qu'il joigne Ombre. Elle seule était en mesure de le tirer de ce mauvais pas. Mais Ombre ne répondait pas. Elle était trop loin. Quand allait-elle se douter que son cavalier était en danger ? Et alors, qu'y pourrait-elle ? Les tunnels menant au cœur de la montagne étaient trop étroits. Poll allait devoir la retrouver par ses propres moyens.

Première option : duper ou maîtriser les gardes – mission impossible.

Deuxième option : attendre que ses compagnons viennent le délivrer.

Ses compagnons. À des milliers de lieues de là, en train d'essayer de transformer une poule mouillée en cavalière-dragon digne de ce nom.

Poll sentit sa gorge se serrer. Si Nolita avait réussi à s'emparer de l'orbe du jour pendant qu'il moisissait dans ce cachot, il ne le supporterait pas.

Cette pensée le galvanisa. Que Ségun aille au diable ! Poll allait s'évader... s'il le pouvait.

Chapitre neuf

L'ange des ténèbres

Il faisait sombre, de l'autre côté de la brèche.

— *Est-ce l'aube, ou le crépuscule ?* demanda Élias, encore secoué par le voyage.

— *L'aube*, répondit Aurore d'un ton irrité.

— *Pourquoi es-tu en colère ? Moins nous nous attarderons dans ce monde, mieux ce sera !*

— *Entièrement d'accord*, acquiesça Auri d'une voix lasse. *Mais je vais devoir reformer un passage sans avoir eu le temps de souffler. Tu sais quels efforts cela exige, non ?*

En effet. Élias ressentait la même fatigue que son dragon. La même sensation de membres lourds, de poids immense sur les épaules. C'était toujours ainsi, après la création d'une brèche. Ces voyages-éclairs épuisaient Auri. Elle avait besoin d'une journée complète de repos entre chacun d'eux. Si elle recréait un passage maintenant, elle risquait de le payer cher.

Élias lui fit part de ses inquiétudes.

— *Cela sera un peu plus long que d'habitude, mais je m'en remettrai,* le rassura Auri. *Avec un minimum d'entraînement, j'apprendrai à récupérer plus vite. Ces dernières semaines, j'ai créé plus de brèches qu'en plusieurs siècles d'existence.*

Le cavalier de l'aube s'attendait à ce genre de réponse. Aurore minimisait toujours l'étendue des dégâts.

— *Ça alors !* s'exclama-t-elle soudain. *Encore lui ?*

— *Qui donc ?*

— *L'homme dans la machine volante !*

— *Où ?*

— *Juste en dessous de nous. Il se prépare à atterrir. Je ressens sa nervosité... Le danger est tout proche... Oh, j'ai compris ! Nous sommes en plein territoire ennemi !*

— *Alors pourquoi veut-il se poser ?* s'étonna Élias. *Il va se faire tuer !*

— *Il essaie de sauver l'un des siens. J'ai du mal à capter ses pensées, mais... il court à sa perte ! C'est un piège ! Je détecte la présence de plusieurs hommes dans les buissons qui bordent le champ où il projette de se poser.*

Élias se pencha sur le côté. Sous ses pieds, il aperçut la machine voler en cercles concentriques. Le champ était entouré de haies broussailleuses et d'arbres aux troncs épais. Il faisait trop sombre pour distinguer autre chose.

Aurore décrivit la scène :

— *Un homme, au milieu du champ, lui fait signe. C'est un ennemi. Un imposteur. Je sens la présence de celui que notre ami est venu chercher. Il se cache dans un fossé à proximité. Il est terrorisé.*

Le cerveau d'Élias fonctionnait à toute vitesse. Encore le même homme. Trois passages dans ce monde en guerre, et trois rencontres avec cet étrange cavalier, qui leur avait sauvé la vie. Cette fois, pas de doute : le destin des cavaliers-dragons était lié à celui de cet homme. Il fallait en découvrir la raison, et donc l'empêcher de tomber dans ce piège. Le tout, c'était de rester discret...

Opération spéciale. Jack Miller détestait ce genre de mission. Cette fois, il devait exfiltrer un membre des Services secrets entré clandestinement en territoire ennemi. En bref : un suicide programmé. Qui avait envie de voler à découvert en zone allemande, en pleine nuit, sans mitrailleur à ses côtés ? Jack risquait de se faire abattre. Et à supposer qu'il arrive sain et sauf au point de rendez-vous (et que l'agent secret ne se soit pas fait tuer), il y avait encore le chemin du retour. Un sale boulot.

Jack était un lève-tard. Tout à l'heure, il était monté dans le cockpit de très mauvaise humeur. Le soleil était encore couché, lui, au moins ! Le pilote avait vite repris le dessus : il fallait de l'enthousiasme pour réussir.

La traversée des lignes antiaériennes avait fini de le réveiller. Ces lignes étaient le cauchemar des pilotes. Pour surmonter leur peur, ces derniers les avaient surnommées : Archie. Un surnom idiot, mais efficace. Les hommes en parlaient avec moins d'appréhension... ce qui n'avait pas empêché les tireurs allemands de canarder Jack. Les explosions avaient secoué son appareil. Il s'en était plutôt bien sorti, excepté quelques impacts de balles dans les ailes de l'avion.

Comme prévu, le pilote britannique suivit l'étroite route grise vers l'est, jusqu'au carrefour. À droite, il repéra la voie de chemin de fer. À gauche, les deux petits villages. Il prit à gauche, en direction du champ situé entre les deux hameaux. C'était là que l'attendait l'agent secret.

Dans la pénombre, Jack distingua une silhouette qui agitait les bras vers lui. Enfin ! Les deux fois précédentes, il n'avait trouvé personne au point de rendez-vous. Dans les deux camps, on se montrait impitoyable envers les espions. Si Jack se faisait attraper, il subirait le même sort.

Le pilote admirait ces héros de l'ombre. Des hommes courageux – ou complètement dingues.

Soudain, il aperçut un mouvement. Des soldats ennemis, dans le champ voisin, à quelques mètres de l'agent secret. Et encore d'autres sur la route. Il allait falloir agir vite : on l'avait repéré. Jack connaissait la tactique des Allemands : creuser des fossés dans les champs et les recouvrir de branchages pour briser le train d'atterrissage de l'avion ennemi. Ou tendre des câbles dans lesquels l'avion venait s'empêtrer. Mais là, il n'avait pas le temps d'examiner les lieux. Il ne restait plus qu'à prier pour que le terrain ne soit pas piégé. Jack serra les dents, abaissa le nez de son chasseur biplan FE2b et amorça sa descente.

— T'en fais pas, mon gars, grommela-t-il à l'intention de son allié au sol. Je vais me poser en douceur, juste à côté de toi.

Jack diminua les gaz ; l'appareil crachota, tressauta et tourna à droite. Le pilote remit les gaz et releva les ailes – juste pour vérifier que les commandes ne le lâcheraient pas au dernier moment. Le moteur émit un ronronnement rassurant, sinon discret.

Il abaissa le manche vers la droite et fit une glissade. Comme d'habitude : avec tact et doigté. Commandes croisées. Plan d'approche idéal. Altitude réduite au minimum. Jack releva doucement le nez du biplan ; les roues se posèrent sur l'herbe dans un froufrou à peine audible. Le Britannique pouvait être fier de lui : cela faisait longtemps qu'il n'avait pas réussi un atterrissage aussi parfait.

Le sol n'était pas trop bosselé. Jack ralentit et se dirigea vers son compatriote. Ce dernier levait les mains ; c'était leur signe de reconnaissance. Et puis, soudain, tout bascula. Tel un ange des ténèbres, une silhouette se matérialisa dans les airs, juste au-dessus de l'agent qui se jeta à terre. Les fourrés crachèrent une pluie de balles.

— Qu'est-ce que vous fabriquez ? s'écria Jack. Relevez-vous et filons d'ici !

L'homme ne bougea pas. Était-il mort, blessé, paralysé par la peur ? L'air crépitait. Les balles fusaient. Pas vers Jack, ni vers l'homme étendu sur le sol, mais vers l'ange noir qui flottait dans les airs. Puis qui sauta et courut dans sa direction. Sidéré, Jack constata qu'il s'agissait d'une fille.

— Cet homme est un imposteur ! hurla-t-elle en désignant l'agent affalé dans l'herbe. Nous avons trouvé votre allié : il était caché non loin d'ici ! Il arrive ! Préparez-vous à décoller !

La fille s'exprimait en anglais, mais avec un drôle d'accent. Jack avait l'esprit embrouillé. Allié ? Imposteur ? De quoi parlait-elle ? Brusquement, il y eut un immense souffle d'air. Jack leva le nez...

... et vit un énorme dragon d'or fondre sur lui. La créature tenait un homme entre ses griffes, qu'elle lâcha à quelques mètres de l'avion. L'homme roula sur lui-même, se releva d'un bond et regarda autour de lui, l'œil affolé. Le dragon d'or repartit vers le ciel bleu marine teinté de rose et de gris. Il n'avait même pas ralenti.

Jack ouvrit la bouche démesurément. Se frotta les yeux. Se pinça, pour vérifier qu'il ne rêvait pas. Encore ces créatures volantes ? D'où sortaient-elles ? Comment faisaient-elles pour s'approcher sans être détectées ? Comment cette fille arrivait-elle à voler ? Et pourquoi l'avait-elle aidé ?

Le moment se prêtait mal aux réflexions. À l'est, le ciel s'éclaircissait d'instant en instant. Jack devait regagner son camp avant que les soldats passent à l'attaque. Il se tourna vers la fille et lui cria :

— Suivez-moi jusqu'à la base ! J'aimerais vous parler... vous remercier... Vous comprenez ce que je vous dis ?

La jeune Noire scrutait le ciel d'un air inquiet. Comme si elle attendait que le soleil se lève.

— Oui, mais c'est impossible. Je suis pressée, répliqua-t-elle. Embarquez votre ami et déguerpissez. Vite ! Mon dragon est en train de se faire cribler de balles pour vous protéger !

« Alors je n'étais pas fou, se dit Jack. J'avais bien vu des dragons... »

La fille prit son élan et escalada une montagne invisible. Toujours dissimulés dans les fourrés, les Allemands décochèrent une nouvelle rafale. Cette fois, un troisième dragon, bleu roi, cracha un jet de flammes vers les buissons sans pour autant enflammer la haie. L'ennemi cessa le feu, aperçut la créature bleue et lui tira dessus. Heureusement, elle était déjà hors de portée.

— Partez ! s'époumona l'ange noir, dont la monture invisible s'éloignait.

Jack se pencha vers l'agent secret, qui, bouche bée, observait la fille suspendue dans les airs.

— Vous l'avez entendue ? vociféra-t-il. Grimpez ! Et ne vous fatiguez pas à me poser des questions, je n'ai pas de réponses !

L'homme se hâta de monter à l'avant du cockpit et attrapa sa ceinture d'une main tremblante.

— Pleins gaz ! s'exclama Jack en poussant la manette à fond.

L'avion s'élança dans le champ. Du coin de l'œil, le pilote aperçut la fille – couchée à l'horizontale – suivre sa course à la même allure que lui. Puis il distingua une espèce de brume de chaleur, juste sous son corps. Une brume qui arrêtait les balles des ennemis. Un bouclier de brouillard.

Jack fronça les sourcils. Ne pas se déconcentrer. Penser à tous ceux qui s'étaient crashés pendant le décollage à cause d'une seconde d'inattention. Il n'était pas encore tiré d'affaire. Il n'entendait plus les rafales à cause du moteur, mais il savait qu'on le prenait pour cible.

Tout à coup, une lueur aveuglante, surnaturelle, illumina brièvement la campagne, comme si trois soleils s'étaient soudain allumés dans le ciel. Et elle s'éteignit. Jack ne s'était pas retourné pour en déterminer la source. Tant mieux. La lumière lui aurait sûrement brûlé les rétines. Déjà, des taches d'un jaune verdâtre dansaient devant ses yeux. Il avait du mal à discerner le tableau de bord.

Il décolla et mit cap à l'ouest. À quatre cents pieds, certain que les balles des fusils ne pouvaient plus l'atteindre, il baissa les yeux et repéra, sur sa gauche, la route qu'il avait suivie à l'aller. Il n'avait plus qu'à emprunter le chemin inverse. Puis il repensa à la fille.

Qu'était-elle devenue ? Il se dévissa le cou. Plus personne.

Jack ne put résister à la tentation : il inclina son appareil vers la gauche, prit un peu d'altitude et scruta le ciel, en direction de l'est. Telles des lances de diamant, les premiers rayons du soleil surgirent au-dessus de la ligne d'horizon. Jack aperçut également un tourbillon gris et plat. Le même que celui qu'il avait remarqué lors de sa première rencontre avec les dragons. Un disque à peine plus grand que les créatures, juste au-dessous de lui, à quelques centaines de mètres de son appareil. Et là, le dragon bleu... le doré... et un anthracite. Les créatures furent avalées par le tourbillon, qui se volatilisa aussitôt. Des dragons, il ne restait rien.

Jack lorgna vers l'agent secret. Devant son expression ébahie, il comprit qu'il n'avait rien inventé.

« Maintenant, je ne suis plus le seul à avoir vu ces dragons, se dit-il. Mes supérieurs me croiront, cette fois. »

Jack choisit de rentrer à la base par le plus court chemin. Même si son passager n'était pas équipé contre le froid, il prit de l'altitude. Il risquait de croiser une patrouille ennemie, mais cela valait mieux que de se faire mitrailler par les troupes au sol.

Brusquement, une pensée lui traversa l'esprit : comment allait-il rédiger son rapport ?

Mémo de guerre
de l'armée britannique
top secret

03.02.1917

Hugo,

Je dois vous voir de toute urgence. Le commandant du Capt. Jack Miller m'a recontacté. Apparemment, il est de nouveau question des fameux « dragons » mentionnés dans le rapport de l'an dernier. En temps normal, je crierais au fou. Mais cette fois, un agent des Services secrets a corroboré ces dires. Je propose que désormais, ce dossier soit classé « TOP SECRET », jusqu'à ce que nous découvrions le fin mot de l'histoire.

J'ai donné l'ordre au commandant du Capt. Miller de détruire ce rapport. Moins nous aurons de traces écrites, mieux cela vaudra.

Nous devons en discuter. Pouvons-nous nous rencontrer demain ?

Maurice

Lieutenant Général Maurice Tremelayne

Mémo de guerre
de l'armée britannique
top secret

03.02.1917

Maurice,

J'approuve entièrement. Nous devons éclaircir ce mystère. Rendez-vous à votre bureau, demain, à 10h30.

Hugo
Maréchal Hugo Fitzpatrick

TOP SECRET

Chapitre dix

Un court répit

Treer, Iséa occidentale. Une vallée encaissée entre deux montagnes. Élias exultait. Pour la deuxième fois, ses amis et lui avaient sauvé l'homme dans sa machine volante. Ils formaient une équipe du tonnerre. Ils étaient des héros. S'ils continuaient à travailler main dans la main, la Grande Quête avait de fortes chances d'aboutir.

Seule ombre au tableau : l'épuisement d'Aurore, qu'Élias ressentait à travers le lien. Et le survol des montagnes n'allait rien arranger.

Le jeune homme projeta ses pensées vers son dragon :

— *D'après la position du soleil, je dirais qu'il est bientôt midi. Combien de temps s'est écoulé depuis notre départ d'Orupée ?*

— *Quelques minutes à peine*, estima Auri. *Je me suis appliquée à ne pas répéter mon erreur. L'Iséa est située à des milliers de lieues à l'est de l'Orupée. Ici, le soleil se lève avec plusieurs heures de décalage.*

Élias piqua un fard. Aurore n'avait pas son pareil pour le faire passer pour un ignare.

Il préféra changer de sujet :

— *Heu... Et si on atterrissait ? Tu es très fatiguée ; tu devrais te reposer. Nous chercherons l'enclave des dragons de la nuit cet après-midi.*

— *Je ne suis pas contre*, souffla Auri. *J'avertis les autres.*

Les montagnes d'Iséa étaient très différentes de celles de l'Orupée centrale ou de la Riquamée du Nord. Ici, on se sentait isolé de tout, comme noyé dans l'immensité des pics enneigés qui paraissaient crever le ciel. Élias exhalait de petits nuages de vapeur : il faisait très froid. C'était l'été, mais de grands glaciers tapissaient les pentes. Il se demanda à quelle altitude s'élevaient ces montagnes.

— *Ce sont les plus hautes de Treer*, l'informa Auri. *Même les dragons hésitent à les survoler. Quelques cavaliers-dragons s'y sont risqués – soit par bravade, soit par bêtise. Aucun n'est revenu indemne. L'idéal serait de passer par le réseau de défilés qui traverse la montagne, mais les dragons de la nuit le surveillent sans relâche. Impossible d'approcher l'enclave sans être repéré par les sentinelles... Sauf si on chevauche un dragon de l'aube*, ajouta-t-elle, hautaine.

Elle marqua une pause pour donner du poids à ses paroles et reprit :

— *Mes sens dragoniques m'ont guidée jusqu'à l'enclave. Je sais où sont postées les sentinelles. Nous devrions entrer dans le repaire de Ségun sans être inquiétés. En revanche, je ne pourrai pas ouvrir une autre brèche pour en ressortir. Nous devrons éviter les sentinelles.*

— Où se trouve l'enclave ? demanda Élias à voix haute.

Cet effort lui brûla les poumons et le laissa hors d'haleine.

— *Je l'ignore. C'est Sabre qui le sait. Nous allons vite retrouver Poll et Ombre. J'en suis persuadée.*

Quand Sabre prit la tête, Kira fut ravie et soulagée. Jusqu'à présent, Élias et Aurore avaient mené la danse. Ils l'avaient obligée à intervenir dans une guerre qui n'était pas la leur. Résultat : Sabre était blessé. Kira souffrait avec lui. Les armes étranges de l'autre monde avaient provoqué de sérieux dégâts. La jeune fille n'avait qu'une hâte : se poser et demander à Vulcain de guérir son dragon.

À partir de maintenant, interdiction de flâner en route, décida-t-elle en se massant les côtes. La douleur l'aidait à se concentrer sur son objectif : délivrer Poll et le conduire dans l'antre des griffons, qui leur révéleraient l'emplacement de l'orbe de la nuit. « Le chasseur qui s'écarte de sa route ne rapporte jamais de gibier », disait un vieux proverbe fiquarien.

— *Pouvons-nous atterrir sans être vus par les sentinelles ?* demanda-t-elle à Sabre.

— *Aurore vient de me poser la même question*, répliqua

le dragon du crépuscule. *Je connais un endroit où nous serons à l'abri des regards. Ce n'est pas très loin.*

— *Tant mieux. Les aventures de ce matin m'ont lessivée*, avoua la Fiquarienne.

Sabre déploya ses ailes et plana au-dessus de la vallée. Quand il perdait de la vitesse, il battait une fois des ailes, puis reprenait sa course. Les pics majestueux isolaient l'endroit du reste du monde. Kira ne repéra aucune habitation. Était-ce pour cette raison que les dragons de la nuit avaient choisi d'y établir leur repaire ? N'importe qui pouvait accéder à l'enclave des dragons du jour. Qu'en était-il de sa propre enclave, située en Ratalusie ? Kira n'y était jamais allée. Devrait-elle s'y rendre pour chercher l'orbe du crépuscule ?

Sabre interrompit ses pensées :

— *Nous y sommes.*

La jeune fille baissa les yeux vers la toundra : allaient-ils camper là, sur cette étendue froide et désolée ? Sabre obliqua vers la gauche et se posa sur une anfractuosité. Kira aperçut l'entrée d'une grotte dissimulée par un gros bloc de pierre.

— Ça, alors ! s'exclama-t-elle à voix haute. Comment as-tu fait ? Je n'aurais jamais réussi à trouver cette cachette !

— *C'est parce que tu n'es pas un dragon*, la taquina Sabre. *En fait, j'ai découvert cet endroit par hasard, lors de mon dernier voyage en Iséa. J'essayais d'échapper aux dragons de la nuit.*

Kira sourit. Elle adorait le sens de l'humour de Sabre. Son langage ampoulé. Son code de l'honneur désuet. Au début, elle avait souhaité le détester parce qu'il avait brisé son rêve. Elle avait cru ne jamais pouvoir lui pardonner. Puis, peu à peu, elle avait appris à l'aimer. À se soucier de son bien-être. Enfin, l'Oracle lui avait confié une mission. La Fiquarienne était devenue une chasseuse d'un nouveau genre, mais une chasseuse quand même.

Elle enviait Élias. Avec sa fraîcheur naïve et sa soif d'aventures, le garçon appréciait pleinement leur quête. Avant de rencontrer son dragon, Élias n'avait rien, aucun projet. Kira, elle, était à deux doigts d'atteindre son but. Elle n'était pas encore parvenue à effacer la rancœur qui brûlait en elle.

Elle mit pied à terre ; Sabre pénétra dans la caverne.

— *C'est vide*, annonça-t-il bientôt.

Un bon point. Dans une région aussi inhospitalière, Kira n'aurait pas été surprise de tomber nez à nez avec un ours... ou pire. Les dragons durent se contorsionner pour se faufiler dans la grotte, qui s'élargissait ensuite.

Les cavaliers allèrent chercher des grosses pierres, qui leur serviraient de sièges. Comme ils n'avaient pas de torches, ils s'installèrent près de l'entrée, afin d'avoir de la lumière. Les dragons s'allongèrent au fond de la grotte. Dans l'obscurité, leurs yeux luisaient d'un éclat étrange. Vulcain entreprit de soigner les blessures de Sabre. Son feu bleuté illumina la caverne, qui ressembla un bref instant à une grotte enchantée.

Le halo s'éteignit. La caverne redevint caverne. Kira soupira : le pouvoir guérisseur du dragon du jour avait quelque chose de magique.

— *Tu te trompes*, intervint Sabre. *Vulcain possède un don – pas un pouvoir magique. Les poissons respirent sous l'eau ; cela ne fait pas d'eux des créatures surnaturelles. Les dragons du jour savent guérir depuis la nuit des temps. Ainsi en a décidé le Créateur. La magie existe, mais va à l'encontre de ce que le Créateur a fabriqué de Sa main. C'est une pratique dangereuse, surtout chez les humains assoiffés de puissance. L'être humain n'est pas fait pour maîtriser les éléments. Les dragons non plus, d'ailleurs. Mais nous, nous savons rester à notre place. La magie n'est pas pour nous.*

— *Pour qui est-elle, alors ?*

— *Il n'appartient qu'au Créateur d'en décider. Contentons-nous de méditer sur le sujet.*

— *Tu ne réponds pas à ma question.*

— *Ah ?... Tu as remarqué ?...*

Kira éclata d'un rire qui se répercuta en échos sur les parois de la grotte. Élias et Nolita lui jetèrent un regard interrogateur.

— On peut s'amuser, nous aussi ? lança Élias.

Kira expliqua :

— Je viens de faire une découverte : malgré leurs siècles d'expérience et leur petit air suffisant, les dragons ne sont pas omniscients.

La jeune fille n'en dit pas davantage, mais continua à rire sous cape. Cela lui remonta le moral. Elle n'était pas vraiment d'humeur joyeuse, ces derniers jours. La guérison de Sabre lui avait donné un regain d'optimisme.

— Et si je vous préparais un ragoût de mouton ? proposa soudain Nolita.

— Avec quoi ? rétorqua Élias. Nous n'avons pas de bois pour allumer un feu.

— Ce ne sera pas nécessaire, éluda la Riquaméenne. Il nous faut un plan pour entrer dans l'enclave des dragons de la nuit. Et moi, je réfléchis toujours mieux l'estomac plein. Pas vous ?

— Tu marques un point, concéda Élias. J'ai hâte de voir comment tu vas réussir à faire cuire un ragoût sans feu.

— Et moi, donc ! enchérit Kira.

Avec un sourire timide, Nolita rejeta ses mèches blondes en arrière.

— En fait, on m'a soufflé l'idée, avoua-t-elle, un peu gênée. Venez, j'ai besoin d'un coup de main.

Élias et Kira échangèrent un regard surpris et lui emboîtèrent le pas. Nolita choisit plusieurs grosses pierres, que les trois cavaliers empilèrent dans la caverne. Pour finir, Élias et Nolita en placèrent une plate au sommet.

— Parfait, annonça la Riquaméenne. Prenez vos sacs et ressortons.

— À tes ordres, répondit Kira sur un ton dubitatif.

Elle lança un coup d'œil à Élias, qui ramassa sa sacoche avec un haussement d'épaules.

Dehors, un vent glacé s'était levé, mais le ciel était sans nuages.

— Suivez-moi, intima Nolita.

— Où allons-nous ? voulut savoir Kira, de plus en plus intriguée.

— Pas loin.

Nolita s'arrêta à quelques mètres de l'entrée de la grotte.

— Ici, nous serons très bien.

Élias et Kira ouvraient la bouche pour poser d'autres questions quand un rugissement familier retentit. Des vagues de chaleur firent onduler l'air. Kira comprit aussitôt : Vulcain était en train de transformer la grotte en brasier. Le bruit dura un assez long moment. Quand il cessa, les cavaliers-dragons retournèrent à l'intérieur, Nolita en tête. Au sommet de la pile, la pierre plate rougeoyait, chauffée à blanc.

— Cain affirme que d'ici à quelques minutes la pierre sera à température idéale pour faire griller une tranche de mouton, déclara Nolita. Selon lui, certaines roches, y gardent la chaleur plus longtemps, mais celle-ci fera l'affaire. Qui s'y colle ?

— Moi, répondit Kira. C'est une grande première.

Elle sourit en voyant Élias s'incliner devant Vulcain.

— Merci, fit le jeune homme.

— Cain te répond : « Il n'y a pas de quoi », traduisit Nolita.

La jeune fille se passa les doigts dans les cheveux. C'était un geste typiquement féminin, mais Kira avait remarqué que chaque fois qu'elle communiquait avec son dragon, Nolita se *griffait* le cuir chevelu.

« Encore un de ses fameux rituels, songea la Fiquarienne. Comment peut-on se calmer en s'écorchant la tête ? »

Peu après, la viande grésillait sur la pierre. Une odeur délicieuse envahit la grotte. Élias huma l'air et poussa un soupir de pur bonheur. Kira en éprouva une bouffée de jalousie. Elle aurait aimé se contenter de peu, comme lui. Se réjouir de petits riens. Comme lui.

Le bien-être d'Élias l'agaçait. Elle décida d'y mettre un terme :

— Comment comptes-tu entrer dans l'enclave ?

— Je n'y ai pas encore réfléchi, admit-il en plissant le front. Pourquoi ne pas simplement demander à voir Poll ?

Kira eut du mal à dissimuler son mépris :

— Si tu veux subir le même sort que lui, vas-y.

Elle ne pensait pas qu'Élias était naïf *à ce point-là.*

— Cain prétend qu'en approchant de cette enclave il signera son arrêt de mort, souligna Nolita, visiblement soulagée.

Élias s'humecta les lèvres.

— Idem pour Auri, déclara-t-il. D'après elle, Sabre pourrait tenter le coup, une fois camouflé. Surtout si nous agissons au crépuscule, au moment où ses pouvoirs sont à leur apogée.

Kira se tourna vers son dragon, toujours allongé au fond de la grotte.

— *Qu'en dis-tu ?*

— *Je peux te faire entrer dans l'enclave, mais je devrai en ressortir aussitôt*, déclara Dent-de-Sabre. *Même si je suis parfaitement camouflé, les dragons de la nuit détecteront ma présence.*

La Fiquarienne transmit l'information à ses amis.

— Et tu t'imagines que je vais te laisser te jeter dans la gueule du loup ? protesta Élias. Sabre nous a portés tous les deux alors qu'il était blessé. Le revoilà en pleine possession de ses moyens. Je t'accompagne.

— Et moi ? chevrota Nolita. Vous n'avez pas l'intention de m'abandonner avec... avec deux...

— Tu seras en sécurité dans cette grotte, l'interrompit Kira.

— Non, martela la Riquaméenne. Je *veux* venir avec vous !

— *Il y a de la place pour trois, sur mon dos*, souffla Sabre à Kira. *L'enclave n'est qu'à quelques lieues d'ici, dans une vallée très encaissée. Le problème, ce n'est pas de vous y faire entrer, mais de vous en faire ressortir. Je serai contraint de m'éloigner pour éviter d'être repéré. Et je ne t'entendrai pas, Kira.*

Dès que Kira eut répété les paroles de Sabre, le silence retomba. Ce fut Nolita qui trouva la solution :

— Selon Cain, rien ne saurait retenir Ombre prisonnière. Les dirigeants de l'enclave ont sûrement enfermé Poll loin de son dragon, pour les empêcher de communiquer. Ombre ne partira pas sans son cavalier. Elle ne quittera pas l'enclave tant que Poll n'aura pas réfléchi à un moyen d'évasion.

— Belle démonstration, grommela Élias. En quoi résout-elle notre problème ?

— Si Sabre peut nous faire entrer, Ombre pourra nous faire sortir, répliqua Nolita. Elle est plus grosse que le dragon de Kira. Porter quatre cavaliers ne devrait pas lui être trop pénible. Si nous repérons Poll avant de nous faire remarquer, la partie est gagnée.

Kira eut un reniflement dédaigneux.

— Ça fait beaucoup de « si », lâcha-t-elle avec amertume.

— Tu as une meilleure proposition ? riposta Élias. Même si ce plan comporte plusieurs failles, il peut marcher.

— Plusieurs failles ? s'étrangla Kira. Il ne tient pas la route !

Elle poussa un soupir résigné et ajouta :

— S'il ne me vient pas d'autre idée d'ici au crépuscule, nous appliquerons le plan de Nolita.

Chapitre onze

Dans la gueule du loup

Les cogitations de Kira ne débouchèrent sur aucun plan concret. En attendant le coucher du soleil, elle regardait Élias s'entraîner avec l'épée de Kasau, le chasseur de dragons mort. Elle l'avait observé dégainer la lame et faire des moulinets maladroits avec. Puis, exaspérée, elle lui avait enseigné des rudiments techniques. Autant tuer le temps intelligemment.

Kira avait vu d'emblée que l'arme était une belle pièce. On l'avait forgée dans un os de dragon – un matériau plus dur que le plus résistant des métaux. Élias s'en était emparé par vengeance. Kasau lui avait volé son épée quand il l'avait capturé. Œil pour œil, dent pour dent.

Le jeune homme progressait vite, malgré des débuts laborieux. Kira ne maîtrisait pas réellement l'art de l'épée. Dans sa tribu, on préférait l'arc et la lance. Les armes de corps à corps avaient trop peu d'intérêt pour des chasseurs. Malgré cela, Kira était plus douée qu'Élias.

Esquissant un sourire, la jeune Noire se remémora ses premières leçons d'escrime avec Bémi. Kira l'avait harcelé jusqu'à ce qu'il cède. L'un riait quand l'autre baissait sa garde. L'autre criait de joie quand il arrivait à toucher l'adversaire. Devant les enfants, Kira et Bémi jouaient le jeu : ils « mouraient » en poussant des hurlements atroces, pour le plus grand bonheur de leurs jeunes spectateurs. Époque bénie...

Mais aujourd'hui, on ne jouait plus. Si Élias tirait son épée, ce serait pour défendre sa peau. Kira préférait ne pas y penser. En attaque, le jeune homme avait un bon jeu de jambes et maniait son arme avec une adresse grandissante. En défense, en revanche, il se débrouillait mal. S'il devait livrer combat, seule son épée en os de dragon ferait pencher la balance en sa faveur. Un coup bien ajusté briserait net l'arme de son adversaire. De quoi déstabiliser n'importe quel combattant.

Devant l'entrée de la grotte, les ombres s'allongeaient.

— C'est l'heure, annonça Kira. Tu peux rengainer ton épée.

— Attends, protesta Élias. Je n'arrive pas à reculer tout en parant correctement.

Il réessaya, au ralenti. Sans plus de succès.

— L'escrime ne s'apprend pas en un jour, s'esclaffa la Fiquarienne. Cela étant, tu retiens vite.

Un conseil : évite de jouer les héros. Tu te ferais couper en rondelles par un débutant. Même moi, je ne m'y risquerais pas : je ne me suis entraînée qu'avec des bâtons.

— Et c'est maintenant que tu le dis ? marmonna Élias en remettant son épée dans son fourreau.

Afin de se fondre dans les ombres, les trois cavaliers-dragons se vêtirent de sombre. Ils avaient tous la même veste de cuir gris souris, idéale pour se camoufler dans les rochers. Ils déchirèrent une tunique noire de Kira en trois et se couvrirent le front et le bas du visage. Seuls leurs yeux étincelaient dans les ténèbres. Ils sortirent de la grotte, Sabre sur leurs talons.

— Grimpe entre Élias et moi, Nolita, conseilla Kira, la voix étouffée par le tissu. Je t'aurais bien laissé la selle, mais tu n'apprécierais pas : cela fait bizarre, quand Sabre se camoufle. On a l'impression de chevaucher un courant d'air !

Une lueur de gratitude dans le regard, la Riquaméenne prit place entre ses deux compagnons. Devenu presque invisible, Dent-de-Sabre se prépara à décoller.

Kira aurait préféré que Nolita ne vienne pas. Cette fille allait leur attirer des ennuis. Pourtant, elle n'avait pas le courage de l'abandonner avec deux dragons.

La jolie blonde passa les bras autour de la taille de Kira et l'étreignit de toutes ses forces lorsque Sabre courut pour prendre de l'élan. La Fiquarienne contracta les abdominaux. Une fois dans les airs, elle cria :

— Détends-toi, Nolita. Il y a très peu de vent. Le trajet sera tranquille.

Kira embrassa le paysage du regard. Elle n'avait pas l'habitude de voler le soir. Le crépuscule conférait aux montagnes un aspect menaçant. Il lui semblait qu'un poing énorme allait surgir des pics et les écraser comme des insectes. Elle se réprimanda : son imagination s'emballait. Elle avait passé l'âge d'avoir peur du noir. Néanmoins, elle aimait le contact rassurant de Nolita, derrière son dos.

Sabre survola la vallée à vive allure. Peu à peu, les montagnes se changèrent en murs couleur de goudron qui se confondaient avec le ciel nocturne. Cette sensation d'immensité s'accentua lorsque le dragon plongea dans un goulet obscur et très étroit.

Kira retint sa respiration. Nolita haleta. Ici, dans ce boyau ténébreux, on perdait tous ses repères. Seul le ruban du ciel, au-dessus de leur tête, les guidait. Sabre filait comme un trait, sans la moindre hésitation. Kira sentait qu'il savait où il allait. Cela renforça son sentiment de confiance. Elle était fière d'être la partenaire du dragon du crépuscule.

— *On arrive*, la prévint Sabre.

Kira fronça les sourcils : le dragon avait une drôle de voix. Plus distante.

— *C'est normal*, lui expliqua-t-il. *J'ai réduit notre lien, pour éviter de me faire repérer. Après le prochain virage, la vallée s'élargit. Elle est truffée de dragons de la nuit. En fermant mon esprit, je les empêche de nous détecter.*

— *Pas bête*, commenta Kira, dont la voix mentale ressemblait elle aussi à un murmure étouffé.

— *J'ai également réussi à contacter Ombre*, poursuivit Dent-de-Sabre. *Elle n'est pas fâchée de nous savoir ici. Poll et elle sont arrivés hier. Poll a demandé audience à Ségun, et depuis, plus de nouvelles. Elle pense qu'il lui est arrivé malheur. Elle va créer une diversion pour me permettre de vous déposer à l'intérieur de l'enclave.*

— *Bien.*

— *Autre chose : Ségun et cinq doyens sont partis tôt ce matin.*

— *Pour quelle destination ?*

— *Aile-de-Titan, le dragon de Ségun, n'a rien voulu dire.*

— *Laisse-moi deviner*, marmonna Kira. *Ils sont partis à la recherche des griffons.*

Sabre acquiesça avant d'enchaîner :

— *Ombre m'a envoyé une image mentale : je sais par où Poll est entré. Une chance, car cette enclave comporte une multitude de grottes. Maintenant que Ségun n'est plus là, personne ne garde l'entrée de cette caverne. Je vais vous y déposer. Une fois que vous aurez récupéré Poll, Ombre vous ramènera dans notre cachette. Rendez-vous là-bas.*

— *Et si Poll reste introuvable ?* s'inquiéta Kira.

— *Il vaut mieux que vous réussissiez. Ombre ne partira pas sans lui.*

— *Très rassurant.*

— *J'ai confiance en toi. Tu es une chasseuse hors pair. Sers-toi de tes talents. Ce ne sera sans doute pas facile, mais tu le trouveras.*

Il faisait si noir que Kira ne s'aperçut pas que son dragon bifurquait vers la gauche. Il émergea dans une immense vallée qu'éclairait une poignée d'étoiles. Tout à coup, la jeune fille éprouva un léger malaise. Elle sentait qu'elle tournait à droite, mais elle aurait parié que Sabre allait tout droit. Elle était perdue. Désorientée. Et un peu paniquée.

— *Tu souffres du mal de l'air,* lui expliqua son dragon. *C'est assez courant. Ferme les paupières, essaie de m'imaginer en train de faire un vol plané et rouvre les yeux. L'illusion disparaîtra d'elle-même. Voilà ce qui arrive quand on est fait pour le plancher des vaches,* conclut-il sur un ton amusé.

Il n'y avait pas de quoi rire. Kira avait besoin de toutes ses facultés – surtout en ce moment.

Soudain, un barrissement retentit sur la droite. Nolita resserra son étreinte autour de la taille de Kira.

— C'est Ombre, déclara la Fiquarienne. Elle crée une diversion.

Et ça fonctionnait ! L'instant d'après, une nuée de dragons de la nuit emplissait le ciel. Les trois cavaliers se plaquèrent contre l'échine de Sabre, qui louvoya en silence entre ses congénères noirs. Une fois le danger écarté, le dragon du crépuscule prit de l'altitude.

Enfin, Sabre et ses cavaliers atteignirent l'enclave des dragons de la nuit. Dans la paroi de la falaise, des centaines de torches illuminaient les grottes. Dent-de-Sabre ignora les entrées éclairées et continua de grimper. Toujours plus haut. Toujours plus vite. Kira crut qu'ils allaient se fracasser contre les rochers qui surplombaient la vallée. Mais non. Sabre les conduisit vers la gueule béante d'une caverne noire comme de l'encre qui dominait les autres. Lorsque sa monture s'y engouffra, Kira sentit un poing glacé lui enserrer les reins.

Et la montagne les avala sans un bruit.

Sabre se posa et fit demi-tour sans même s'arrêter. Les cavaliers glissèrent le long de son flanc – en silence, pour ne pas donner l'alarme. Aussitôt, ils entendirent les griffes de Sabre cliqueter sur la roche, ses ailes fendre l'air de la nuit... puis plus rien. Le dragon était reparti.

— Nous voilà dans la place, chuchota Kira. Première étape : trouver la porte. Sondez la paroi du fond. Élias, prends à droite. Nolita, au centre. Je vais explorer la paroi de gauche.

Ils s'exécutèrent à pas de loup. Sous ses doigts, Élias sentit la pierre se changer en bois. Il suivit les contours de la porte du bout de l'index et trouva la poignée. Coup de chance : il n'y avait pas de serrure.

— Psitt ! siffla-t-il.

Ses amies le rejoignirent ; Kira le félicita en lui tapotant l'épaule, et le jeune homme s'écarta pour la laisser passer. Il tira son épée, puis se ravisa : dans le noir, il risquait de blesser ses compagnons. Il serra les poings, tendit l'oreille et s'efforça de maîtriser ses tremblements.

Kira tourna la poignée et entrebâilla la porte. Les gonds grincèrent. Une lueur blafarde brillait de l'autre côté. Peu rassurée, Kira ouvrit le battant de quelques centimètres de plus et risqua un œil.

La pièce – une bibliothèque, à première vue – était déserte. La jeune fille avisa une torche fixée au mur, une table basse, des fauteuils moelleux, des étagères remplies de livres... et deux portes. La première en face, l'autre à gauche.

Elle se dirigea d'instinct vers celle de gauche.

« Si on a voulu éloigner Poll de son dragon, il doit être enfermé dans les profondeurs de la montagne », raisonna-t-elle.

Elle posa la main sur la poignée, ôta l'étoffe qui lui cachait le visage et se tourna vers Élias et Nolita :

— Enlevez vos masques.

— Pourquoi ? s'étonna Élias.

— Nous ne trouverons pas Poll tout seuls. Tu as vu la taille de cette enclave ? Il va falloir demander notre chemin... et donc employer la ruse. Les cavaliers de la nuit doivent être plusieurs centaines. Ils ne se connaissent sûrement pas tous. À partir de maintenant, nous sommes des cavaliers de la nuit envoyés par Ségun afin de récupérer le prisonnier. Laissez-moi parler, et tout ira bien.

— C'est toi, l'experte, répliqua Élias, pas vraiment convaincu.

Kira inspira un grand coup et poussa la porte d'un geste décidé.

Chapitre douze

La ruse de Kira

La serrure cliqueta. Par réflexe, Poll se leva d'un bond. Il sentit les muscles rouler sous sa peau, la rage bouillonner dans son ventre. La porte s'ouvrit, et la lumière orange des torches inonda la cellule.

Tel un taureau enragé, Poll baissa la tête et chargea. Sans prendre la peine de réfléchir. Sans dénombrer les gardes. Sans se demander s'ils étaient armés. Une technique rapide, mais inefficace. Les geôliers savaient qu'un prisonnier tentait toujours de s'échapper. Toujours. Alors, ils ouvraient l'œil.

Le premier garde esquiva sans difficulté l'attaque de Poll. Au passage, il lui fit un croche-pied. Plus vif encore, le deuxième garde le frappa dans le dos, l'envoyant percuter le mur d'en face.

Aveuglé par les torches, le cavalier-dragon ne comprit pas avec quoi le geôlier l'avait frappé. La douleur était abominable. À demi assommé, il sentit une grêle de coups s'abattre sur lui. Il se recroquevilla et ramena les bras au-dessus de sa tête.

— *Ombre ! À l'aide !*

Ombre ne répondit pas.

— Arrêtez ! gémit-il.

Soudain, une voix grave claqua comme un fouet :

— Cela suffit ! Ramenez-le dans sa cellule !

Les coups cessèrent de pleuvoir. Des mains s'emparèrent de lui et le relevèrent sans ménagement. Poll plissa ses yeux emplis de larmes et distingua des silhouettes aux contours flous. Combien ? Trois ? Quatre ? Il fut jeté dans son cachot avant d'avoir pu les compter. Un garde plus zélé que les autres lui balança son pied dans le plexus. Poll en eut la respiration coupée.

— Je te conseille de ne plus rien tenter de stupide, gronda la voix. Nous avons ordre de te garder prisonnier – pas de te tabasser. Allez. Mange un morceau. Et tiens-toi à carreau. La prochaine fois, je n'interviendrai peut-être pas aussi vite.

Poll entendit un raclement sur le sol de pierre : on poussait un plateau de nourriture dans sa cellule. L'instant d'après, la porte se refermait. Les ténèbres revinrent, et avec elles, un insondable désespoir. Poll avait loupé sa seule chance d'évasion. À présent, les gardes allaient redoubler de vigilance.

Il eut du mal à reprendre son souffle. Douleur, déception, frustration... Tout se mêlait et lui comprimait la poitrine. L'odeur de nourriture rance qui flottait dans l'air lui donna des haut-le-cœur. Il inspira, expira, avala sa salive plusieurs fois, jusqu'à ce que le goût de bile disparaisse.

La nausée reflua, cédant la place à la fureur. Maintenant, Poll n'avait qu'une idée en tête : se venger.

— Attendez un peu que je retrouve Souffle d'Ombre, marmonna-t-il.

Sa douleur au thorax céda peu à peu. Avec précaution, il déplia ses bras, puis ses jambes, et se dirigea vers le plateau de nourriture. Le rai de lumière qui filtrait sous la porte lui permit de deviner les contours d'un gobelet. Il mourait de soif. Il s'empara du gobelet d'une main tremblante et le porta à ses lèvres. Il prit garde de ne pas le renverser et de boire par petites gorgées afin de ne pas s'étouffer.

Il avala l'eau jusqu'à la dernière goutte, puis s'assit et s'adossa à la minuscule couchette. Il se sentait très mal. Ce n'était pas seulement la douleur : il avait l'impression qu'un poing de fer lui agrippait le cœur. Qu'un morceau de glace s'était coincé dans sa gorge. Il n'arrivait plus à réfléchir. Soudain, il comprit ce qui lui arrivait.

Pour la deuxième fois de sa vie, il avait peur.

Kira s'engagea dans le passage comme si elle connaissait les lieux par cœur. Beaucoup moins sûrs d'eux, Élias et Nolita lui emboîtèrent le pas. Ils n'avaient pas parcouru dix mètres qu'un homme sortit d'une salle. L'inconnu se raidit, plissa les yeux et fronça ses sourcils broussailleux.

— Qui êtes-vous ? tonna-t-il Ce sont les quartiers privés du Seigneur Ségun et de ses Conseillers. Vous n'avez rien à faire ici.

Sans broncher, Kira le détailla des pieds à la tête. Âgé d'une trentaine d'années, l'homme était grand et large d'épaules. Son menton fuyant cependant trahissait la fourberie. C'était un simple sous-fifre.

— Je vous retourne la question, rétorqua Kira sur un ton de défi. Où est votre tenue de cavalier-dragon ?

— Je n'en ai pas besoin puisque j'habite ici, siffla l'homme. Je m'appelle Murvan. Je suis un doyen. Le second du Seigneur Ségun. Je connais chaque occupant de cette enclave... sauf vous.

— Oh, mais ça change tout ! roucoula Kira en levant la main en guise de salut, comme l'exigeait la coutume. Je suis Ébène, cavalière de Hurleur. Nous avons croisé le Seigneur Ségun, cet après-midi, dans la passe Occidentale. Il nous a ordonné, à mes compagnons et à moi-même, d'aller chercher un prisonnier. Poll.

— Ah oui ? s'étonna Murvan.

— C'est un honneur pour nous, les jeunes recrues de l'enclave, souligna la Fiquarienne.

— Curieux... En partant, ce matin, le Seigneur Ségun a été catégorique : ne relâcher le prisonnier sous aucun prétexte.

— Apparemment, il a changé d'avis, répliqua Kira avec une moue désinvolte. Nous devons l'emmener le plus vite possible dans la vallée des Griffons. Le Seigneur Ségun nous y attend.

— Vous a-t-il dit pourquoi il allait là-bas ?

— Non. Et franchement, ce ne sont pas mes oignons. Je me contente d'exécuter les ordres. Assez perdu de temps : si vous nous conduisiez au prisonnier ?

Malgré les crampes d'estomac qui la tenaillaient, Kira s'efforçait de s'exprimer avec calme. Elle avait déstabilisé ce Murvan. Elle le voyait sur son visage.

Ségun régnait sur son enclave d'une main de fer. Comme tous les autres cavaliers-dragons, Murvan devait redouter sa colère. Il était sûrement dans la confidence et savait où était parti son maître. Où, et pourquoi. Kira n'avait pas inventé sa destination. Elle avait forcément parlé au chef de l'enclave, ou à l'un de ses conseillers. Murvan ne pouvait pas risquer les foudres de Ségun juste parce qu'il avait un doute.

— Suivez-moi, lâcha-t-il avec brusquerie.

Il fit volte-face et s'éloigna à pas de géant. Kira, Élias et Nolita durent courir pour le rattraper.

La Fiquarienne jeta un regard en coin à ses amis. Élias lui répondit par un clin d'œil et un sourire. Quant à Nolita, elle fixait le dos de Murvan.

Ils marchèrent plusieurs minutes en silence dans le labyrinthe de tunnels. Kira prit bien soin de mémoriser le chemin : à droite, deuxième à gauche, tout droit, première à gauche... Elle se répéta les indications dans sa tête, comme si elle fredonnait une comptine.

Enfin, ils s'engagèrent dans un passage fermé par une porte. Deux gardes s'exclamèrent :

— Halte ! Qui vive !

— C'est moi, Murvan, pauvres abrutis !

— Inutile de nous insulter, rétorqua l'un d'eux. On fait notre travail, c'est tout.

Murvan leva les yeux au ciel.

— Les consignes ne s'appliquent pas aux... Oh, laissez tomber. Ouvrez la porte et dégagez-moi le terrain. Le Seigneur Ségun veut qu'on lui amène le prisonnier.

— Bien, chef. Tout de suite, chef.

Kira se retint de pouffer. Elle examina les malabars chargés de surveiller la cellule. L'intelligence n'était pas leur fort. Ils avaient les yeux éteints, la démarche pataude, les gestes maladroits. Celui qui déverrouilla la porte semblait encore plus lent d'esprit que l'autre. Il mit vingt secondes à trouver la clé, et vingt autres à l'introduire dans la serrure. Kira étouffa un soupir de soulagement. Si Murvan ne leur avait pas donné l'ordre de libérer le prisonnier, les gardes se seraient jetés sur eux sans hésiter, préférant la mort à la désobéissance.

La Fiquarienne inspira à fond et pénétra dans le cachot. Leur sort allait se jouer maintenant. Si Poll faisait des difficultés, ils auraient de gros ennuis. Kira et ses compagnons bénéficieraient de l'effet de surprise, mais contre ces trois baraques surentraînées, ils ne feraient pas le poids. De toute manière, Murvan ne prendrait aucun risque. Au moindre soupçon, il donnerait l'alerte.

Dès qu'il entendit la clé dans la serrure, Poll s'accroupit près de la paillasse, l'air d'un loup acculé. Après la correction qu'il venait de recevoir, il hésitait à retenter sa chance. Mais on ne savait jamais. Il se tenait prêt.

Il ne reconnut pas immédiatement la voix.

— Vous êtes sûr qu'il s'agit bien de Poll ? claironnait la nouvelle venue.

Cette voix, sèche et acerbe... Poll la connaissait... Kira !... Kira ? Ici ? Et ces silhouettes derrière elle... Étaient-ce celles d'Élias et de Nolita ? Dans ce cas, pourquoi les gardes ne les attaquaient-ils pas ?

Poll leva la tête vers la Fiquarienne. Les paupières plissées, celle-ci scrutait le visage tuméfié du prisonnier. Ce dernier avait la lèvre inférieure fendue. Une escarbille lui fermait l'œil gauche. Il ouvrit la bouche, mais Kira fronça légèrement les sourcils. « Fais comme si tu ne nous connaissais pas », semblait-elle lui dire. Incroyable ! Kira, Élias et Nolita avaient réussi à duper Murvan ! Ces trois-là remontaient dans son estime.

— Alors, c'est lui ? insista la jeune fille.

— Absolument, fit Murvan.

— J'ai du mal à le croire, renifla Kira. Pourquoi le Seigneur Ségun voudrait-il s'encombrer de ce... misérable ?

Nouvelle bouffée de colère. « Tu me le paieras, Kira », gronda Poll en son for intérieur.

— Il est plus rapide et plus fort qu'il n'y paraît, intervint l'un des geôliers. C'est un petit teigneux. Il a déjà essayé de s'échapper.

Malgré son irritation, Poll ne put s'empêcher d'admirer la Fiquarienne. Elle avait bel et bien mystifié les gardes.

— Ça m'étonnerait qu'il recommence, affirma Kira.

Elle regarda Poll droit dans les yeux. Il les baissa au bout de deux secondes.

— Par ordre du Seigneur Ségun, nous devons te conduire à la vallée des Griffons, déclara-t-elle d'une voix polaire. Faut-il employer la manière forte ?

— Non, chuchota Poll. Je vous suis.

Il ploya la nuque en signe de soumission.

— Bien, conclut Kira. Je n'aime pas frapper un homme à terre.

Elle se tourna vers les gardes et poursuivit :

— Rendez-lui sa veste de vol. Je n'ai pas envie de ramener un glaçon au Seigneur Ségun.

Un geôlier désigna des vêtements entassés dans un coin. Kira s'en empara.

— En route ! Ne faisons pas attendre notre dirigeant !

D'un geste, elle intima à Élias et à Nolita d'aider Poll à se relever. Le cavalier d'Ombre lâcha un grognement de douleur.

Kira le toisa sans aménité.

— Tu es sûr d'être en état de voler ? railla-t-elle.

— Pas de problème, marmonna-t-il en s'efforçant de refouler sa colère.

— Ce gamin risque de vous donner du fil à retordre, estima Murvan. Je vais vous appeler une escorte.

— Inutile, trancha Kira en foudroyant le prisonnier du regard. À mon avis, il a compris la leçon. Nous rejoindrons le Seigneur Ségun en moins de temps qu'il ne faut pour le dire.

Poll grimaça, puis se mordit la lèvre et afficha un air penaud. Pas facile, avec Kira qui ne cessait de le provoquer.

« Patience, se dit-il. Une fois sorti d'ici, je t'apprendrai le respect, chère Kira ! »

Murvan se renfrogna. Kira et lui s'affrontèrent du regard un court instant.

— Très bien, Ébène, capitula Murvan. Cela étant, si les choses tournent mal, ne venez pas vous plaindre. Moi, j'ai la conscience tranquille.

La Fiquarienne le gratifia d'un sourire chaleureux.

— Soyez assuré que le Seigneur Ségun sera informé de votre coopération.

Poll ne put retenir un haussement de sourcils admiratif. Cette fille avait un sacré toupet.

— Voudriez-vous nous reconduire ? enchaîna Kira. Ce n'est pas que j'aie peur de me perdre, mais le temps presse.

— Volontiers, répliqua Murvan avec raideur. Vous pouvez disposer, ajouta-t-il à l'intention des gardes. J'attends votre rapport au lever du soleil.

— À vos ordres, chef ! s'écrièrent de concert les deux geôliers.

Ils s'éclipsèrent dans le dédale de tunnels sans demander leur reste.

Poll eut un sourire en coin, qui s'élargit lorsque leur ennemi prit la tête de leur petit groupe.

Chapitre treize

La fuite silencieuse

— *Ombre ?*

Toujours pas de réponse. Dès qu'il avait franchi le seuil de la cellule, Poll avait tenté de joindre son dragon. Bah ! Ombre lui répondrait quand il atteindrait la sortie. Ce n'était qu'une question de minutes.

— *Ombre ?*

Murvan connaissait les lieux comme sa poche. Il marchait d'un pas assuré dans le labyrinthe de passages.

— *Ombre ?*

— *Je t'entends, cavalier de la nuit.*

Enfin ! La voix du dragon, quoique lointaine, était bien réelle. Le jeune homme se concentra et projeta des pensées aussi claires que possible :

— *J'arrive.*

— *Tes compagnons aussi ?*

— *Oui. Est-ce toi qui les as amenés ?*

— *Non, ils sont venus avec Sabre. Ils ont très vite compris que tu avais des ennuis. Sabre a dû repartir pour éviter de se faire repérer. C'est moi qui vais vous faire sortir de l'enclave. Sabre, Cain et Auri nous attendent dans une grotte, en sécurité.*

Poll sentit son cœur se gonfler d'orgueil. À présent, leur évasion dépendait de Souffle d'Ombre, et d'elle seule. Le jeune homme souffrait de sa position d'infériorité. C'étaient les autres qui l'avaient délivré. Il leur était redevable. Il allait devoir attendre un peu avant de régler ses comptes avec Kira.

Et Nolita ? Qu'avait-elle de changé ? D'un coup, Poll comprit : la jolie blonde n'avait plus peur. Elle avançait, sereine, sans se ronger les ongles ni se griffer le dos des mains. Par quel miracle ? Il n'y avait pas pire endroit pour une cavalière du jour que l'enclave des dragons de la nuit. Elle aurait dû trembler de tous ses membres. Que s'était-il passé en l'absence de Poll ? Comment Nolita avait-elle pu gagner une telle assurance en une semaine ?

Le cavalier voulut en avoir le cœur net :

— *Nolita a-t-elle réussi à trouver l'orbe du jour, Ombre ?*

— *Je l'ignore. Sabre et moi n'avons échangé que quelques mots, pour ne pas alerter les dragons de l'enclave. Tes compagnons ont dû modifier leur itinéraire avant d'avoir pu récupérer l'orbe. Comment auraient-ils fait pour nous rattraper, sinon ?*

Ils se rapprochaient de la grotte où Ombre avait atterri. La voix du dragon devenait plus distincte.

Quelques secondes après, Kira posa la main sur l'épaule de Murvan, qui s'arrêta et fit volte-face.

— Merci pour votre aide. Nous allons nous débrouiller.

Malheureusement, le second de Ségun ne l'entendait pas de cette oreille :

— Je vous accompagne jusqu'au bout. Je refuse que le prisonnier sème la panique dans mon enclave.

Zut. Comment se débarrasser de ce gêneur ? Si Murvan comprenait que Kira comptait retrouver Ombre, la supercherie serait découverte. À un contre quatre, le doyen serait vite maîtrisé, mais il aurait le temps d'avertir son dragon... Poll jura entre ses dents. Ils auraient dû mettre Murvan hors d'état de nuire au cœur de la montagne. Ressortir du labyrinthe aurait été plus long, mais leur fuite serait restée secrète.

Si Kira insistait, Murvan flairerait l'embrouille.

— Comme vous voudrez, souffla-t-elle en inclinant légèrement la tête.

Dès que le doyen eut le dos tourné, la Fiquarienne passa à l'action. Avec une rapidité foudroyante, elle dégaina son couteau, l'attrapa par la lame et frappa Murvan à la nuque avec le manche. L'homme s'effondra à terre comme un tas de linge sale. Poll s'apprêta à détaler. Pas Kira. Elle s'agenouilla près de Murvan et lui prit le pouls.

— Il n'est qu'assommé, déclara-t-elle, soulagée. Allez ! On décampe ! Si son dragon a senti qu'il s'évanouissait, nous aurons bientôt l'enclave entière aux trousses. Poll, contacte Ombre !

— C'est fait, répliqua le cavalier de la nuit, ravi de son initiative. Elle nous attend devant l'entrée.

Kira s'élança au pas de course le long du boyau qui menait à la porte d'entrée. Poll la suivit en marchant, à cause de ses côtes douloureuses. Sa vision se brouillait. Il haleta, trébucha... Élias et Nolita furent obligés de le soutenir.

— Courage, lui murmura le cavalier de l'aube. Nous y sommes presque.

Poll serra les mâchoires. La compassion d'Élias lui donnait la nausée. Il s'obligea à maîtriser sa respiration et força l'allure.

Kira et Ombre les attendaient à l'extérieur de la grotte. La silhouette du dragon se découpait sur le fond du ciel nocturne. Le cœur de Poll bondit dans sa poitrine. Il avait très mal vécu leur séparation. Soudain, il vit Nolita se raidir. Ah, quand même, une réaction normale !

— *Dépêchez-vous de monter*, siffla Ombre. *Les autres dragons ont senti que quelque chose clochait. Ils seront là d'une minute à l'autre.*

Poll transmit l'information à ses compagnons et demanda à Élias et à Kira de l'aider à grimper en selle. Il se mordit la lèvre jusqu'au sang. Réclamer leur aide lui faisait mal au ventre.

Kira se cala derrière lui. Nolita, elle, ne bougea pas d'un pouce. Elle était pétrifiée.

— Il faut partir ! s'exclama Élias en lui prenant la main.

— Je n'y arriverai pas, souffla Nolita, qui tremblait comme une feuille. Elle... Elle est énorme !

— C'est vrai, admit Élias. Heureusement pour nous, sinon elle ne pourrait pas nous porter tous les quatre. Et maintenant, grimpe ! Autrement, je t'emmène de force !

— Et si tu me laissais ici ? proposa la jeune fille d'une petite voix.

— Arrête de dire n'importe quoi, et ramène tes fesses ! gronda Élias.

Élias n'était jamais vulgaire ; il ne haussait jamais le ton. Nolita reçut ses paroles comme une gifle. Elle s'avança. À trente centimètres de la patte d'Ombre, elle eut un bref mouvement de recul, puis, à contre-cœur, elle escalada le flanc du dragon noir et s'assit à califourchon derrière Kira.

Poll ne laissa pas le temps à Élias de s'installer.

— *On décolle*, ordonna-t-il à Ombre.

Aussitôt, le dragon de la nuit se tourna vers le ciel nocturne. Élias tangua, enroula ses bras autour de la taille de Nolita et tenta d'agripper l'éperon qui saillait devant elle. Peine perdue. Ses doigts dérapèrent sur la corne massive.

— Tout le monde est prêt ? s'enquit Poll.

— Filons d'ici ! s'impatienta Élias en rétablissant son assiette. Ne t'occupe pas de moi.

Soudain, un crissement suraigu retentit. Un dragon de la nuit venait de prendre son envol. Poll en eut la chair de poule. Ils étaient dans de sales draps.

— *Ça y est*, annonça Ombre. *Ton évasion a été découverte. Accroche-toi.*

Ombre pilonna le sol – un pas, deux pas, trois pas –, s'élança dans les airs et s'éleva à grands coups d'ailes puissants, afin de prendre le maximum d'altitude pour garder l'avantage. Trente secondes plus tard, un concert de cris stridents éclata au-dessous d'elle. Et une cohorte de dragons de la nuit se rua à sa poursuite.

— *Ils n'iront pas loin, sans leurs cavaliers*, affirma le dragon femelle. *Si nous arrivons à sortir du défilé avant qu'ils ne nous rattrapent, nous sommes sauvés.*

— *Même avec quatre personnes sur ton dos ?* s'inquiéta Poll.

— *Tes amis me ralentissent un peu, mais je suis beaucoup plus forte que nos poursuivants.*

Poll scruta l'obscurité.

— *Combien sont-ils ?*

— *Essaie de ne pas tomber*, éluda Ombre. *Moi, je m'occupe du reste.*

Même avec quatre cavaliers sur le dos, le dragon noir continuait de grimper à une vitesse sidérante. Ombre n'avait jamais foncé à une telle allure. Grâce au lien, Poll sentait les muscles de ses ailes se contracter. Lui-même en avait mal aux épaules.

Bientôt, ses oreilles se bouchèrent. D'habitude, pour parer à ce désagrément, il avalait sa salive à intervalles réguliers, à mesure que son dragon prenait ou perdait de l'altitude. Cette fois, ses tympans furent soumis à rude épreuve.

Il savait ce que son dragon projetait de faire. Ombre maîtrisait l'art du vol silencieux ; peu de dragons de la nuit pouvaient en dire autant. Une fois en sécurité à plusieurs centaines de mètres du sol, elle planerait dans les airs sans un bruit. Sans un souffle. Avec plus de discrétion qu'un serpent à l'affût. Comme enveloppée dans une bulle insonorisée. Un atout formidable, pour un prisonnier en fuite.

En outre, ses écailles d'un noir violacé se fondaient dans la nuit. Ombre savait se camoufler presque aussi bien que Sabre... Presque.

Soudain, Poll entrevit un mouvement sur sa gauche. Un autre dragon ? Le jeune homme ne l'aurait pas juré. Il faisait beaucoup trop sombre.

— *Accroche-toi*, l'avertit Ombre avant de plonger droit vers leur poursuivant.

L'instant d'après, elle percutait un obstacle invisible. Un hurlement de rage déchira le silence. À en juger par la vitesse à laquelle le cri décroissait, Poll déduisit qu'un dragon tombait à pic.

Il se dévissa le cou et sonda le ciel, à la recherche d'autres ennemis.

— *Que s'est-il passé ?* interrogea-t-il.

— *Je l'ai retourné comme une crêpe*, annonça Ombre. *C'était lui ou moi.*

— *Alors il s'est écrasé ?*

— *Non, mais il ne pourra plus nous rattraper*, lâcha le dragon d'un air suffisant. *Les autres réfléchiront à deux fois avant de s'en prendre à moi. Et maintenant, voyons ce qu'ils ont dans le ventre. Je passe en mode silencieux.*

Le vol silencieux. Une expérience à la fois étrange et effrayante. Les trois compagnons de Poll eurent un hoquet de stupeur.

— Chut ! murmura Poll.

C'était toujours ainsi : grands battements d'ailes géantes, et puis... plus rien. Le silence absolu. D'ordinaire, Poll en avait froid dans le dos. Mais là, il se sentait en position de force.

En plus de leur vision nocturne, les dragons de la nuit affinaient leur sens de l'orientation grâce à une ouïe surdéveloppée. Un peu comme une chauve-souris qui n'émettrait pas d'ultrasons. Ils percevaient les obstacles dont ils s'approchaient, ce qui leur permettait de les éviter – ou de passer à l'attaque. Combinés les uns aux autres, ces trois sens créaient des images mentales dans l'esprit des dragons, qui détectaient la moindre créature. Excepté Ombre. Furtif, le dragon femelle déjouait les « radars » de ses congénères avec une facilité déconcertante. Poll savait de quoi sa monture était capable, mais c'était la première fois qu'il la voyait à l'œuvre.

Dès qu'elle fut passée en mode silencieux, Ombre replia les ailes et descendit en piqué. Poll en eut l'estomac retourné. Son cœur battait à tout rompre. C'était une sensation curieuse : Ombre tombait sans aucun repère. Pas de vent soufflant aux oreilles. Pas de battements d'ailes brassant l'air. Poll s'agrippa à la selle et se concentra sur le contact des écailles du dragon. Ça, au moins, c'était réel. Et rassurant.

Toujours sans un bruit, Ombre déploya ses ailes et frôla une paroi du défilé. Poll sentit le bout des doigts de sa main droite le brûler : son dragon effleurait la roche, que le jeune homme ne voyait même pas. La nuit engloutissait tout. Ombre le réconforta grâce au lien. Elle savait ce qu'elle faisait. Poll se détendit un peu. Derrière lui, Kira, Élias et Nolita se retenaient pour ne pas hurler. Poll s'en fichait. Il était confiant. Cela seul importait.

Il finit par déceler d'autres battements d'ailes. Leurs poursuivants ne cédaient pas un pouce de terrain. Il essaya de les compter : trois ou quatre derrière eux, un peu en contrebas. Au moins deux au-dessus, près de les rattraper. Et un sur leur gauche, au même niveau qu'eux.

— *Ils sont trop nombreux !* s'exclama-t-il.

— *Ne t'en fais pas*, répliqua Ombre. *Je vais leur donner une leçon qu'ils n'oublieront pas de sitôt.*

Chapitre quatorze

Hors-la-loi !

Ombre volait en zigzag dans le défilé tortueux. Elle filait comme le vent, telle une guêpe tueuse aux pouvoirs décuplés. Elle virait tantôt à gauche, tantôt à droite. Tantôt en haut, tantôt en bas. Poll avait du mal à suivre les mouvements.

Chaque fois qu'Ombre frôlait le ventre d'un dragon de l'enclave, il se raidissait, persuadé qu'il allait se faire désarçonner par un coup de queue. Et, chaque fois, Ombre battait des ailes, de manière audible, comme pour dire : « Ohé ! Je suis là ! » avant de repasser en mode silencieux et de se replacer au-dessus de l'ennemi.

Effet garanti : quelques minutes plus tard, ses poursuivants fondaient sur une proie invisible, toutes griffes dehors. Inévitablement, ils se percutaient en poussant des hurlements de douleur. Aussitôt, Ombre en profitait pour reprendre de l'altitude, ce qui l'obligeait alors à quitter le mode silencieux. Cependant, le tumulte était tel qu'aucun dragon ne parvenait à la repérer. Ainsi, elle gardait toujours l'avantage sur ses adversaires.

À la moindre erreur de sa part, les quatre cavaliers s'écraseraient au fond du gouffre, ou se feraient broyer par les serres des dragons noirs. Brusquement, Poll se demanda si son dragon était sain d'esprit. Il découvrait une autre facette de sa personnalité : le danger l'électrisait. Poll en resta glacé d'effroi.

Au milieu du défilé, les dragons enchevêtrés commençaient à se séparer. Cela déplut à Souffle d'Ombre, qui plongea vers eux. D'un coup de griffe bien ajusté, elle en accrocha un à la pointe de l'aile. Déséquilibré, il heurta de plein fouet un autre dragon, et tous deux dégringolèrent en vrille en lâchant des hurlements de colère.

Soudain, Poll sentit une saute d'humeur chez Ombre. Tel un raz-de-marée, une vague de tristesse s'abattit sur lui.

— *Qu'y a-t-il ?* s'enquit-il.

— *L'un de nos poursuivants vient de mourir*, lui apprit Ombre. *Je voulais le semer, pas le tuer.*

— *Tu n'as aucun reproche à te faire*, se hâta de rétorquer Poll. *Quel sort crois-tu qu'ils nous réservent, s'ils nous rattrapent ? Nous volons à toute allure dans un défilé très étroit. Un accident était presque inévitable.*

— *C'est faux, mais merci pour ton soutien*, murmura le dragon violet. *En tout cas, les autres ont déclaré forfait.*

— *Génial !*

— *Ce n'est que provisoire*, le prévint Ombre. *Ils reviendront. Aiguillon, l'un des doyens, m'a transmis un message.*

— *Et que dit-il ?*

— *Dorénavant, nous sommes des hors-la-loi. Si jamais nous retournons à l'enclave des dragons de la nuit, Aiguillon et les autres nous tueront sans hésiter.*

Poll mit quelques secondes à digérer l'information. Il était devenu un hors-la-loi. Lui, Poll, à qui l'Oracle avait confié la Grande Quête ! Lui qui rêvait de puissance et de gloire ! Le Maître des Dragons avait-il deviné son destin ? Savait-il qu'Ombre et Poll seraient bannis de leur propre enclave ? Le jeune homme estimait avoir été choisi pour sa force et son immense potentiel. Et s'il s'était trompé ?

— Qu'avons-nous fait ? se lamenta-t-il.

Kira l'avait entendu.

— Tout va bien ? s'inquiéta-t-elle, la voix étouffée par le mode silencieux.

Bien sûr que tout allait bien. Leurs poursuivants avaient abandonné la partie. Quant au reste... Cela ne regardait que Poll et Souffle d'Ombre.

— Nous sommes provisoirement hors de danger, finit-il par répondre. Les dragons sont allés chercher leurs cavaliers. À mon avis, ils ne renonceront pas aussi facilement.

La Fiquarienne voulut en savoir plus, mais le son de sa propre voix l'avait effrayée. Les cheveux dressés sur la nuque, elle ravala ses questions.

Ombre sortit du défilé. Les cavaliers-dragons étaient tirés d'affaire. Pourtant, Poll avait le cœur gros. À quoi bon continuer ? À quoi rimait sa quête, à présent, s'il n'y avait plus personne pour l'acclamer ? L'accès à l'enclave des dragons de la nuit lui était désormais interdit. Poll était un hors-la-loi. Un *hors-la-loi* ! Le mot ricochait dans sa tête telle une pierre dans un puits sans fond.

Au sud, au-dessus des pics, la lune majeure pointait le bout de son nez. Un millier d'étoiles piquetaient le ciel. Ombre bifurqua vers la gauche et survola l'immense vallée.

Un vent froid venu des montagnes s'était levé. Poll se recroquevilla sur sa selle. Il connaissait bien la région : dans quelques heures, la bise forcirait et le glacerait jusqu'à la moelle. Sans vêtements supplémentaires, les cavaliers ne survivraient pas.

Il laissa les rafales glacées lui mordre les joues. Si seulement le vent pouvait balayer ses angoisses...

Cet imbroglio était la faute de l'Oracle. Et si Ségun avait raison ? Si le Dragon Fantôme n'était qu'un imposteur ? À cause de lui, Poll et Ombre étaient obligés d'accomplir une mission ridicule. S'ils l'avaient refusée, ils seraient désormais couverts de gloire. L'espace d'un instant, Poll songea à tout envoyer promener. Élias, Kira, Nolita, l'Oracle, la Grande Quête. À partir loin d'ici et à recommencer une nouvelle vie...

Ombre entendait ses pensées sans broncher. C'était donc qu'elle abondait dans son sens... Poll essayait de s'en convaincre, mais il sentait que son dragon désapprouvait. L'Oracle exerçait sur Ombre une influence considérable. Il n'était pas sûr qu'elle accepterait de repartir de zéro.

Le dragon de la nuit amorça sa descente. Ils approchaient du lieu de rendez-vous. Ombre se posa en silence près d'un affleurement rocheux. L'entrée de la caverne était bien cachée. Sabre, Aurore et Vulcain vinrent à la rencontre de leurs cavaliers.

Élias et Kira se précipitèrent vers leur dragon ; Nolita, quant à elle, s'empara d'une bouteille d'eau et entreprit de se laver les mains. Poll mit pied à terre avec précaution. Il avait le corps endolori et l'esprit embrouillé. Ses doigts s'attardèrent sur les écailles d'Ombre.

Soudain, Kira se raidit et se retourna d'un bloc. Braquant sur Poll un regard assassin, elle le rejoignit à grandes enjambées, la mine furibonde. Les poings sur les hanches, elle aboya :

— À quoi tu joues, là ?

Le cavalier de la nuit la regarda de haut.

— Qu'est-ce qui te prend ? marmonna-t-il en serrant les dents pour ne pas montrer qu'il souffrait.

— Sabre vient de me dire que tu hésitais à poursuivre la Grande Quête ! Ombre pense que tu ferais mieux de vider ton sac. Ton dragon est plus intelligent que toi !

Poll lança à sa monture un regard incrédule. Comment Ombre avait-elle osé le trahir ?

— *Tu n'as pas le droit de rejeter la faute sur l'Oracle*, décréta le dragon violacé d'une voix posée.

Le jeune homme sentit la colère l'envahir. Jamais il n'aurait cru Ombre - sa partenaire, son amie - capable d'une telle bassesse.

— Ah oui ? cracha-t-il. Sans sa fichue quête, nous n'en serions pas là, aujourd'hui !

Exprimer sa rage à haute voix apaisait sa douleur.

— *C'est nous qui avons choisi d'accepter cette mission*, fit remarquer Ombre. *À nous d'en subir les conséquences.*

— Ton dragon n'existerait pas sans cette fichue quête ! s'écria Kira d'un ton venimeux.

Poll choisit de concentrer sa fureur sur Kira :

— Pas d'accord.

— Alors pourquoi t'es-tu jeté tête baissée dans cette mission ? Attends... Je sais : pour la gloire et pour l'honneur. Ne le nie pas ! Je le lis sur ton visage.

— Et après ? gronda Poll. C'est un crime d'avoir de l'ambition ? De toute manière, ça n'a plus d'importance. Tout est fichu.

— Tout est fichu pour *toi*, espèce d'égoïste !

— Au moins, j'ai été franc. Peux-tu en dire autant ? Si tu nous expliquais tes motivations, Kira ? Révèle-nous ce que tu caches. Et inutile de me resservir ton discours sur la sauvegarde des dragons. Je ne suis pas aussi naïf qu'Élias.

Gêné, le cavalier de l'aube baissa les yeux. Kira plissa les paupières et posa la main sur son couteau. Poll se contenta de sourire.

— Il ne s'agit pas de moi, riposta la Fiquarienne. C'est *toi* qui dois trouver l'orbe de la nuit. Ah ! tu nous as bien eus, avec tes belles paroles !

Elle prit une voix grave et railla :

— « Moi, je n'ai peur de rien » ! Tu ne manques pas de culot ! Tu baisses les bras à la moindre difficulté ! Tu parles d'un héros ! Tu n'arrives même pas à la cheville de Nolita ! J'aurais aimé que tu sois là quand elle est revenue avec l'orbe du jour ! Elle a réussi, elle ! À mon avis, toi et moi n'avons pas la même conception du mot « courage » !

Les narines dilatées, Kira reprit son souffle. Poll, livide, la dévisageait comme si elle venait de lui annoncer la fin du monde.

— Nolita a fait *quoi* ? bredouilla-t-il. C'est... C'est impossible ! Vous n'avez pas pu parcourir autant de lieues en si peu de temps !

— Si, grâce à Aurore, lâcha la jeune fille. Elle sait voyager entre les mondes. Sans elle, tu moisirais encore dans ta prison.

Poll avait oublié ce détail. Il lança un regard incrédule à Nolita, qui se frottait les mains avec acharnement. Par-ci, par-là, elle levait les yeux vers ses compagnons. Dès qu'elle s'aperçut que Poll l'observait, elle se mit à contempler le sol et à se griffer la paume des mains. Le cavalier de la nuit secoua la tête. Comment cette fille avait-elle pu accomplir sa mission ? Il s'en informa auprès d'Ombre.

— *Kira a dit la vérité*, lui apprit le dragon femelle. *Sabre vient de me le confirmer. Les dragons ne mentent jamais.*

Silence.

— *Que comptes-tu faire ?* marmonna Ombre. *T'enfuir ? Aller te cacher ?*

— *Je dois y réfléchir*, articula Poll.

— *Eh bien réfléchis vite, cavalier-dragon*, siffla la créature sans dissimuler sa colère. *Parce que toi, tu n'as rien à te reprocher. Tu t'es seulement opposé à un tyran. Ce n'est pas un crime. Moi, j'ai tué un dragon. Je vais devoir vivre avec ce poids sur la conscience. Si nous menons notre quête à bien, ce dragon ne sera pas mort pour rien. Je suis navrée d'avoir dû trahir ta confiance, mais il le fallait. Si nous abandonnons, c'est tout un peuple que nous condamnons. Il est temps de mettre notre ego de côté et de penser un peu aux autres...*

Élias parlait en même temps qu'Ombre :

— Tu aurais dû voir Nolita, Poll ! Les doyens de l'enclave l'ont obligée à affronter ses pires craintes. Ton histoire m'a fait réfléchir : et si le destin te mettait à l'épreuve, toi aussi ? Penses-y. Je refuse que Nolita ait réalisé un tel exploit pour rien. Ce serait trop bête de renoncer maintenant.

— *Je te l'accorde : sans gloire, cette quête n'a pas la même valeur*, continuait Ombre. *Essaie de considérer les choses sous un autre angle : en tant que hors-la-loi, nous n'aurons jamais une place prestigieuse au sein de notre enclave. Alors, combattons Ségun ! En lui coupant l'herbe sous le pied, nous deviendrons des héros d'un autre genre. Des bandits justiciers.*

Cette idée laissa Poll sans voix. Poll, le bandit justicier. Ça sonnait plutôt bien.

Ombre marquait un point : c'était lui, et lui seul, qui s'était dressé contre Ségun. Lui, qui avait mis la machine en marche. Il n'avait pas de regret. Il avait fait le bon choix. Ségun était un tyran très dangereux. Et les intentions de l'Oracle étaient pures. Le Dragon Fantôme donnait un sens à la vie des hommes et des dragons. Rien qu'en pensant à lui, Poll vibrait de tout son être.

— J'accepte de continuer, déclara-t-il. Mais à une condition.

— Te crois-tu en position de marchander ? protesta Kira.

Élias intervint pour calmer le jeu :

— Laisse-le finir.

Poll reprit, les yeux rivés sur ceux de la Fiquarienne :

— Je veux prendre le commandement des opérations. Au moins jusqu'à ce que j'aie trouvé l'orbe.

Poll croyait que Kira allait se jeter sur lui. Dégainer son arme. Grincer des dents. Au lieu de quoi, elle éclata de rire. Il lança un regard étonné à Élias, apparemment aussi surpris que lui.

— J'ignorais que j'étais si drôle, marmonna le cavalier de la nuit d'une voix glaciale.

— Je suis à tes ordres, ô Puissant Dirigeant de la

Grande Quête, se moqua Kira. Dis-nous où nous devons nous rendre, et nous obéirons... si tant est que tu le saches.

— Arrêtez votre cirque ! tonna Élias.

Dans la grotte, tout le monde sursauta. Nolita lança au cavalier de l'aube un regard empreint de respect.

— Quand comprendras-tu que nous n'avons pas besoin de chef, Poll ? enchaîna Élias, dont les yeux flamboyaient. Nous devons marcher *main dans la main* Nous avons tous été choisis pour une raison précise : Nolita et Vulcain ont prouvé leur bravoure. Kira et Sabre t'ont délivré grâce à leur ruse et à leur ingéniosité. Auri et moi avons su te rattraper à temps. Toi, tu n'as fait que mettre la Grande Quête en péril. Kira a raison : tu n'es pas en position d'exiger quoi que ce soit.

La Fiquarienne eut un sourire satisfait, qui s'effaça dès qu'Élias ajouta :

— Et toi, Kira, cesse de provoquer Poll.

Poll bouillait intérieurement, mais il se tint coi. Le discours d'Élias avait fait mouche. En voyant les lèvres pincées de Kira, le cavalier de la nuit devina qu'il n'était pas le seul à être vexé.

Élias poursuivit sur sa lancée :

— Sabre saura nous conduire aux « preux » dont parle l'énigme de l'Oracle. Je propose donc que ce soit lui qui passe devant. Mais d'abord, nous avons un problème à régler : comment sortir d'ici sans attirer l'attention des dragons de la nuit ?

— Ombre sait se rendre invisible, affirma Poll.

— Sabre aussi, dit Kira.

— Mais pas Auri, ni Cain, fit remarquer Élias.

— *Nous allons survoler les montagnes*, proposa Aurore dans l'esprit de son cavalier. *Ombre n'aura qu'à te prendre en croupe, et Nolita montera avec Kira. Rendez-vous hors du périmètre de l'enclave des dragons de la nuit.*

— *Excellente idée*, acquiesça Élias. *Merci, Auri.*

La proposition fut aussitôt acceptée à l'unanimité.

La tension retomba. Au moment où la colère de Poll reflua, la douleur revint, intenable. Le cavalier se tourna vers Ombre. La terre tangua. Et les ténèbres s'abattirent sur lui.

Chapitre quinze

Pourchassés !

Poll s'étira, aussi heureux qu'un chat devant une agréable flambée. Il inspira une grande goulée d'air frais et fit claquer sa langue contre son palais. Quel délice ! Quel bonheur !

Soudain, la mémoire lui revint. Il écarquilla les yeux. Il était allongé devant l'entrée de la caverne, sur un sol dur et froid. Nolita, Élias et Kira le regardaient. Les deux premiers paraissaient contents d'eux. La Noire, elle, affichait un masque impénétrable. Il faisait encore nuit. Combien de temps Poll était-il resté inconscient ? Sûrement plusieurs jours. Il n'avait plus mal nulle part. Il palpa ses blessures, appuya plus fort. Aucune douleur.

Il se leva, fléchit ses genoux, plia les coudes.

— Que m'est-il arrivé ? interrogea-t-il, perplexe.

— Vulcain t'a soigné, expliqua Nolita d'une voix bizarre.

La Riquaméenne semblait partagée entre la peur et la joie.

Au même moment, Ombre lui fit part de son mécontentement.

— *De quoi parle-t-elle ?* s'enquit Poll auprès de son dragon.

— *Les dragons du jour crachent un feu curatif*, répondit Ombre d'un ton glacial. *Vulcain a guéri tes blessures.*

— *Quel est le problème ?* s'étonna le cavalier de la nuit.

— *D'ordinaire, les dragons du jour refusent de soigner les cavaliers de la nuit. À cause d'incompatibilités physiques, paraît-il. C'est l'une des raisons pour lesquelles dragons du jour et de la nuit ne s'entendent pas. J'ai vu mes frères et sœurs subir les attaques du feu destructeur des dragons bleus. Tu n'imagines pas combien j'ai souffert de voir Vulcain souffler sur toi son feu bleuté.*

— *En tout cas, je suis ravi qu'il soit de notre côté.*

Poll s'inclina devant Nolita, puis devant son dragon.

— Remercie Vulcain de ma part, déclara-t-il à la jeune fille blonde. Je ne me suis jamais senti aussi bien.

Nolita rougit et baissa les yeux.

— Cain l'a fait avec plaisir, murmura-t-elle.

Kira se redressa et toisa ses compagnons :

— Quand vous aurez fini, avec les politesses, peut-être qu'on pourra lever le camp ? Je vous rappelle qu'une armada de dragons de la nuit s'est lancée à notre poursuite.

— À tes ordres, lâcha Poll en sautant en selle et en tendant la main à Élias pour qu'il monte en croupe.

Kira se renfrogna. Le cavalier de la nuit se moquait d'elle. Elle s'interdit d'entrer dans son jeu et se hâta de grimper en selle. Avec réticence, Nolita s'installa derrière elle.

Les quatre dragons s'envolèrent. Sabre dépassa Ombre, juste avant de se camoufler. Aurore et Vulcain battirent des ailes et prirent de l'altitude. Poll les suivit des yeux un court instant. Très vite, le dragon doré et le dragon bleu se fondirent dans la nuit.

Pour sortir des montagnes, il n'y avait qu'un seul itinéraire possible : remonter le long du défilé qui menait à l'enclave des dragons de la nuit, puis survoler la grande vallée. Ombre et Sabre s'engagèrent dans l'étroit goulet. Poll sonda l'obscurité, s'attendant à voir surgir une nuée de dragons noirs à tout instant.

Il serra les fesses et agrippa le pommeau de sa selle, tentant de réduire au silence la méchante petite voix qui lui soufflait dans sa tête : « Sais-tu pourquoi tu as mal au ventre ? C'est parce que tu as peur. Peur de retourner en prison. Inutile de te voiler la face. En fait, tu ne vaux pas mieux que Nolita. »

— *Je t'interdis de penser ça !* s'exclama soudain Ombre.

Poll sursauta. Il n'avait pas voulu que son dragon lise dans son esprit.

— *La peur peut être bonne conseillère lorsqu'elle est maîtrisée*, poursuivit Ombre. *Tu es fort, Poll. Tu ne te laisseras jamais dominer par tes craintes. Nolita, si. Tes peurs, contrairement aux siennes, ne sont pas irrationnelles.*

— *Tu ne me considères donc pas comme un lâche ? Je ne le supporterais pas.*

— *J'ai sondé ton cœur. J'y ai découvert bravoure et puissance. Le destin nous a joué un mauvais tour, mais malgré tout, nous connaîtrons la gloire. Fais-moi confiance.*

« Nous connaîtrons la gloire. » Les mots d'Ombre résonnaient dans la tête de Poll comme autant de clairons triomphants. Le cavalier sourit. Ils étaient bien partis pour gagner. L'enclave était loin derrière eux, à présent. Et personne ne les prenait en chasse. Normal. Qui aurait pu les détecter ? Sabre était presque invisible, et Ombre volait sans le moindre bruit, masse de ténèbres sur la voûte sombre. Elle fendait les airs au-dessus de la grande vallée. Sabre les précédait de quelques mètres. Poll entendait ses ailes battre en rythme.

— Où sont nos poursuivants ? demanda Élias.

— À mon avis, ils ne vont pas tarder, répondit l'Iséen. Les cavaliers de la nuit ne sont pas du genre à baisser les bras. Tôt ou tard, ils comprendront que nous essayons de nous enfuir. Et alors, ils fondront sur nous comme une nuée de frelons en colère.

— J'ai hâte d'y être, ironisa Élias.

Poll acquiesça :

— Plus vite nous quitterons ces montagnes, moins ils auront de chances de nous retrouver. Les dragons de la nuit sont nombreux, mais pas assez pour quadriller l'Iséa.

— Euh... À propos... Il y a un petit problème... avoua Élias.

L'Iséen se contorsionna pour regarder le cavalier de l'aube.

— Explique-toi.

— Hum... Murvan connaît notre destination.

— Impossible ! siffla Poll.

— Kira a été forcée de la lui révéler, sinon Murvan ne l'aurait jamais crue. Tu ne peux pas lui en vouloir : son plan a fonctionné à merveille.

— Fantastique, grommela Poll. Voilà qui change la donne. Il va falloir ruser.

— *Un souci ?* intervint Ombre.

Son cavalier l'informa de la situation, ce qui ne parut pas l'affoler :

— *Je vais en parler à Sabre. Nous allons trouver une astuce pour nous débarrasser de nos poursuivants. Où allons-nous ?*

« Oui, où allons-nous ? » se répéta Poll. Son évasion l'avait tellement accaparé qu'il avait omis de demander où se trouvaient les « preux » dont parlait l'Oracle. Sabre se dirigeait vers le nord-ouest. Cela manquait de précision. La moitié nord du continent n'était composée que de toundras sinistres et désertiques. À l'extrême nord-ouest de l'Iséa, il y avait une autre chaîne de montagnes, où l'hiver ne finissait jamais. Les dragons ne pouvaient pas y vivre ; les humains, encore moins. Poll rechignait à afficher son ignorance, mais il dut ravaler sa fierté et prier Élias de lui apprendre qui étaient les « preux », en fin de compte.

— Les griffons, lui répondit le cavalier de l'aube.

Les griffons. Poll aurait dû s'en douter. Ces créatures étaient braves et vaillantes – l'incarnation même des preux.

— J'ignorais que les griffons avaient établi leur repaire au nord-ouest de l'Iséa, admit-il. Comment se sont-ils retrouvés gardiens de l'orbe de la nuit ?

— Nous le découvrirons ensemble, répliqua Élias. Si nous ne nous sommes pas trompés. Si Ségun ne trouve pas l'orbe avant nous. Et si les dragons de la nuit ne nous rattrapent pas.

Autrement dit : mission quasi impossible. Poll frissonna. La température chutait de minute en minute et la bise forcissait. Sa réaction, toutefois, n'était pas due au froid.

Cette nuit, le vent était leur allié. Il les poussait, accroissant leur vitesse de manière impressionnante. Plus concentrée que jamais, Ombre volait toujours en mode silencieux. Dans une poignée de secondes, ils franchiraient le dernier défilé et quitteraient les montagnes. Malgré l'obscurité, Poll reconnut la vallée qui s'étendait droit devant eux. Il scruta les aiguilles de roches qui se dressaient de part et d'autre de la passe. Où étaient les sentinelles ? Jamais au même endroit, mais toujours aux aguets.

Puis ils s'engagèrent dans le défilé. Le dragon de la nuit se colla au plus près à la paroi de gauche, se coulant dans les ombres.

— *Où est Sabre ?* s'enquit Poll, qui n'entendait plus ses battements d'ailes.

— *Au-dessus de nous*, répondit Ombre. *Il va tenter de survoler les sentinelles. Ainsi, Kira et Nolita seront complètement camouflées. Quant à toi, pas un mot jusqu'à ce que nous soyons hors de danger. Et prie pour que personne ne s'envole de l'enclave quand nous sortirons du défilé.*

La gorge s'élargissait. Devant eux, la vallée scintillait sous les rayons argentés de la lune majeure. À présent, l'une des deux lunes mineures s'était levée, compliquant la tâche du dragon de la nuit. Les ombres n'étaient plus assez denses. Dès que la monture de Poll émergerait de la passe, elle serait repérée.

Ombre cessa de raser la paroi et vola parallèlement à la pente afin de prendre de la vitesse. Poll dut plisser les yeux. Sans le vent qui hurlait à ses oreilles, l'accélération revêtait des allures surréalistes.

Ombre décida de jouer son va-tout. Les sentinelles surveillaient l'arrivée d'éventuels intrus. Elles lui tournaient donc le dos. Si elle parvenait à passer à leur insu, la partie était gagnée. Le pari était risqué. En cas d'échec, les sentinelles auraient l'avantage.

Poll et Élias se couchèrent sur le dos du dragon.

— *Trop tard*, déclara Ombre. *Elles nous ont vus. Accroche-toi, Poll. On va bien s'amuser.*

Le dragon femelle fusait vers la vallée. Toujours plus vite. Toujours plus bas. L'instant d'après, elle volait en rase-mottes. Jamais, de mémoire de cavalier, on n'avait volé aussi bas. Élias et Poll eurent l'impression d'être assaillis par une déferlante de roches et de buissons. À cette allure folle, ils avaient du mal à distinguer le paysage. À la lueur des deux lunes, les gris clairs se confondaient avec les anthracites ; les noirs se mêlaient aux blancs ; les pierres ne ressemblaient plus à des pierres. Ombre frôlait les obstacles. Attention ! Un éboulis ! Arbustes droit devant ! Et, chaque fois, le dragon les évitait avec une précision diabolique.

Poll vécut les minutes qui suivirent comme dans un rêve. Ombre prenait de la hauteur, puis repiquait brusquement du nez pour remonter en flèche. Le tout dans un silence absolu et dans un dégradé de gris et de noirs sans limites. L'Iséen exultait. La proximité du danger le galvanisait. À la moindre erreur, Ombre s'écraserait dans la vallée. Mais Ombre ne commettrait aucune erreur. Poll en était sûr. Il adorait cette sensation de toute-puissance, cette maîtrise qui lui permettait de tutoyer la mort.

Pas une seconde il ne songea à s'inquiéter pour Élias.

— *Ennemi à six heures*, annonça Ombre avec un calme olympien.

Poll se dévissa le cou.

— *Je ne vois rien...*

Puis un cri strident, lugubre, retentit. Plus furibond que menaçant. Et un deuxième, dans le lointain.

— *Lève un peu la tête*, conseilla Ombre.

Les deux sentinelles les survolaient, toutes griffes dehors.

— *Elles vont fondre sur nous !* s'exclama Poll.

— *Je m'y attendais*, lâcha Ombre avec suffisance. *C'est une tactique de base. Cela dit, elles ont mal évalué notre altitude. Si elles fondent sur nous, elles s'écraseront au sol. Elles auraient dû nous dépasser pour nous intercepter. Tant pis pour elles. Maintenant, il ne leur reste plus assez d'énergie pour nous rattraper.*

— Tu leur as parlé ?

— *Elles m'ont ordonné de m'arrêter. Quiconque entre ou sort du périmètre de l'enclave doit justifier sa présence. J'aurais pu leur mentir, mais les dragons ne mentent jamais. De plus, si je m'étais arrêtée, les autres nous auraient rattrapés. Je te laisse imaginer la suite...*

Poll avala sa salive.

Ombre reprit un peu d'altitude et força l'allure. Ses ailes brassaient l'air comme les voiles d'un navire titanesque. À nouveau, Poll regarda derrière lui.

— La voie est libre, dit-il à Élias. Nous sommes tirés d'affaire... pour le moment.

— Heureux de l'apprendre, répliqua le cavalier de l'aube. J'ai mon content d'émotions pour aujourd'hui.

Chapitre seize

Un jeu dangereux

Kira était dans son élément : la chasse. Enfin... pas exactement. C'était plutôt une course contre la montre. Cependant, le principe était le même. Elle traquait Ségun et devait arriver avant lui à la vallée des Griffons. Et elle avait une horde de dragons de la nuit aux trousses.

Le fait de penser à son aventure en termes de chasse la rassurait. Elle savait gérer le danger. Tourner la situation à son avantage.

Un bon chasseur devait posséder divers atouts : endurance, patience, discrétion, force, concentration... et précision, lorsqu'il fallait frapper. Kira s'entraînait depuis la petite enfance. Ses compagnons, en revanche, devraient apprendre deux ou trois astuces. Élias et Nolita l'écouteraient. Poll, en revanche, serait plus réticent. Il avait l'âme d'un chef. Obéir n'était pas dans sa nature. Dès sa première rencontre avec le cavalier de la nuit, Kira avait deviné qu'ils ne s'entendraient pas. Pourtant, il allait falloir faire un effort. Plus ils se disputeraient, moins ils auraient de chances de rapporter le deuxième orbe à l'Oracle.

La Fiquarienne tenait la solution : persuader Poll qu'il commandait l'opération en lui soufflant des idées intelligentes. Pas facile, avec cette tête de mule.

— *J'ai bien entendu : « tête de mule » ?* ricana Sabre. *Tu penses à Poll ?*

— *Comment as-tu deviné ?* interrogea Kira.

— *Je ne t'ai jamais sentie aussi en colère. Ce garçon t'agace, mais en fait, il te ressemble beaucoup. C'est pour cela que vous vous affrontez sans cesse.*

— *Je n'ai rien de commun avec cet imbécile !* s'indigna la jeune fille.

— *Je ne voulais pas t'offenser*, déclara hypocritement Sabre. *Rends-toi à l'évidence : vous avez énormément de points communs : la force de volonté, la détermination, un but dans la vie. Seules vos motivations divergent. Ombre a de l'ambition, mais elle écoute la voix de la raison. Si tu veux obliger Poll à suivre tes ordres sans qu'il s'en rende compte, je te suggère d'utiliser Ombre comme intermédiaire.*

— *Tu peux préciser ?*

— *Poll écoute son dragon ; Ombre me respecte car je suis le plus ancien et le plus expérimenté. Dis-moi ce que tu veux faire ; je ferai part de tes idées à Ombre, qui transmettra mes conseils à Poll... qui les appliquera sans hésiter.*

— *Ingénieux...* murmura Kira.

— *Attention : tu tireras les ficelles, mais Poll croira que les idées sont de lui. Il se vantera sans arrêt.*

— *Je ferai avec*, se hâta de répliquer la Fiquarienne.

— *Je l'espère*, l'avertit Dent-de-Sabre. *Parce que si tu perds ton sang-froid et révèles le pot aux roses, Poll n'en fera qu'à sa tête et deviendra incontrôlable.*

Sabre avait mis le doigt sur une réalité. Malgré tout ce que ses aînés lui avaient appris, Kira maîtrisait mal sa colère. Il fallait qu'elle reste en retrait... du moins jusqu'à ce que Poll trouve l'orbe de la nuit. Ensuite, elle reprendrait les rênes. Elle partirait à la recherche de l'orbe du crépuscule, et Poll n'aurait plus son mot à dire.

Sabre et Souffle d'Ombre s'éloignaient des montagnes qui abritaient l'enclave des dragons noirs. Leur silhouette massive fendait la nuit à un rythme régulier, droit vers le nord-ouest. Kira contempla le ciel. Tritos, la troisième lune au visage bleu de glace, venait de se lever aux côtés de sa jumelle, Bimodar la rosée. La lune majeure les surveillait en déversant sur ses cadettes sa lumière argentée. Kira aperçut une étoile filante. Puis une deuxième. Elle retint sa respiration. Chaque fois, ce phénomène la stupéfiait.

— *Aurore et Vulcain sont juste au-dessus de nous*, la prévint Sabre.

Kira sursauta. Combien de temps avait-elle observé les étoiles ? Plusieurs heures, à en juger par la position des trois lunes.

— *Je viens d'envoyer aux autres une image mentale de notre destination*, poursuivit le dragon anthracite. *Ainsi, si nous devons nous séparer, tout le monde saura où se retrouver.*

La Fiquarienne se renfrogna. De quel droit Sabre avait-il partagé cette information cruciale sans lui en parler au préalable ? Le dragon avait bien fait, mais quand même. Dent-de-Sabre la mettait-il à l'épreuve ? Il était perspicace et rusé. Il connaissait Kira mieux que quiconque. La jeune fille éclata de rire. Son dragon la manipulait comme elle manipulait Poll. Sabre et Kira n'étaient pas partenaires pour rien.

— Qu'y a-t-il ? s'enquit Nolita en se penchant en avant.

— Rien d'important, répondit Kira en riant.

Un mouvement sur la droite attira son attention. Aurore et Vulcain venaient de les rejoindre. Dans le noir, on ne distinguait pas la couleur de leurs écailles, mais ils étaient beaucoup plus clairs que les dragons de la nuit.

Kira étira sa colonne vertébrale. Son dos la faisait souffrir et ses yeux la piquaient, mais il fallait continuer. Le vol de nuit était plus sûr, prétendait Poll. Or, Kira sentait ses forces l'abandonner. Par deux fois, elle s'assoupit une poignée de secondes. Elle n'osait pas demander à Poll d'atterrir : il refuserait tout net.

Sabre aussi était fatigué. Il s'efforçait de suivre Ombre, qui filait sans se soucier de lui.

Kira soupira. Il était temps de mettre un terme à cette petite démonstration.

— *Opération : manipulation*, articula-t-elle à l'intention de son dragon. *Poll a recouvré ses forces grâce à Vulcain, et Ombre s'est reposée une journée entière – pas nous. Il faut faire une pause. Où sont nos poursuivants ?*

Un bref silence, puis :

— *Trop loin pour que je puisse les détecter. À mon avis, ils sont rentrés au bercail. Je ne suis pas contre quelques heures de repos. Laisse-moi faire.*

Un nouveau silence, et la réponse de Sabre :

— *Ombre me demande si nous, les « petits » dragons, souhaitons nous reposer.*

Kira émit un bruit grossier.

— *Dois-je comprendre, par ce son incongru, que tu remercies Ombre de sa sollicitude ?*

La jeune fille sentait que sa monture se retenait de rire.

— *Tu t'amuses bien ?*

— *Je me frotte les ailes*, avoua Dent-de-Sabre. *Vulcain et moi avons depuis longtemps appris à ne pas relever les insultes. Aurore, en revanche, est affreusement vexée. Je préfère ne pas te traduire ce qu'elle a répondu à Ombre... Préviens Nolita de se préparer pour l'atterrissage.*

À l'est, le ciel s'éclaircissait ; l'aube, pourtant, était encore loin. Sabre avait la meilleure vision nocturne ; Ombre le savait. Elle laissa passer devant elle le dragon du crépuscule, qui se dirigea vers un pré immense bordé par un petit bois aux arbres clairsemés.

Dès que les cavaliers eurent mis pied à terre, les dragons allèrent se cacher à couvert. Les choses se compliqueraient le lendemain. La toundra offrirait moins de cachettes.

— Je suis gelée, déclara Kira. Je prendrais volontiers un repas chaud.

— Quoi ? Tu veux allumer un feu ? protesta Poll. Pourquoi ne pas construire un phare pour signaler notre position, pendant que tu y es ?

— Libre à toi de manger froid, soupira la Fiquarienne. Moi, j'ai besoin de reprendre des forces. La vallée des Griffons est encore loin. Allons chercher du bois.

Élias et Nolita s'exécutèrent sans protester. Au bout de quelques minutes, Poll se joignit à eux à contrecœur.

— Nous avons du bois, mais pas de quoi allumer un feu, constata Kira. Vulcain pourrait-il nous aider, Nolita ?

La Riquaméenne interrogea son dragon.

— *Pas de problème.*

— Merci. Inutile de prévoir un grand feu, ajouta Kira. Cette nuit, nous dormirons sous les ailes de nos dragons.

Malgré l'obscurité, elle vit Nolita blêmir et retenir ses larmes. Kira crut que son amie allait flancher. Mais non. Elle prit une profonde inspiration et fit signe aux cavaliers de s'écarter.

Vulcain plia le cou et approcha la gueule du tas de bois. Kira recula de plusieurs pas en repensant au brasier qu'avait allumé le dragon du jour, dans la forêt, de « l'autre côté ». La Fiquarienne s'inquiétait pour rien : Vulcain maîtrisait son jet de flammes à la perfection. Il cracha une minuscule langue de feu qui n'embrasa que les branchages.

Comme le bois était encore un peu vert, il se mit à crépiter en produisant une épaisse fumée à l'odeur âcre qui s'éleva vers la cime des arbres. Vulcain se retira pour laisser la place aux cavaliers. Kira tendit les mains à la chaleur.

La Fiquarienne fit frire des tranches de mouton et ajouta des légumes, dont le fumet fit saliver les cavaliers. Poll mordit dans la viande à belles dents. Il semblait affamé. Il n'avait pas dû beaucoup manger durant son séjour en prison.

« Ça lui apprendra », ne put s'empêcher de penser la Fiquarienne.

— *Ce n'est pas très gentil*, l'admonesta Sabre.

— *Compte tenu des risques que j'ai pris à cause de lui, j'estime être très gentille, au contraire*, rétorqua Kira sur un ton acerbe. *Poll est un sale égoïste arrogant.*

— *À l'avenir, il faudra te contrôler*, décréta le dragon gris. *Souviens-toi : Poll doit croire que c'est lui qui commande. Tu viens de le contredire devant tout le monde en décidant d'allumer un feu. Si tu persistes, il va se braquer et nous compliquer la tâche. Tu as besoin d'entraînement.*

Pourquoi ne pas le remercier pour nous avoir autorisés à atterrir ?

Kira manqua d'avaler de travers.

— *Et pourquoi ne pas lui masser les pieds ?*

— *Exécution !* gronda Dent-de-Sabre.

La jeune fille poussa un long soupir, afficha un air absent et se tourna vers l'Iséen.

— Merci, Poll, lâcha-t-elle, un peu crispée.

— De quoi ? demanda ce dernier, la bouche pleine.

— De nous avoir autorisés à atterrir. Je suis épuisée.

— Et moi, donc ! soupira Élias. Si on avait continué, je me serais endormi en vol !

Le visage de l'Iséen s'éclaira.

— Nous avions tous besoin de repos, opina-t-il. Mais le jour va bientôt se lever, et je pense que nous devrions voyager de nuit.

Kira tenta de paraître aussi sincère que possible :

— Avons-nous le choix ? C'est l'été ; les jours sont très longs, et les nuits, très courtes. Si nous ne volons que la nuit, Ségun et ses lieutenants arriveront à la vallée des Griffons avant nous. Plus nous irons vers le nord, plus les nuits seront courtes. Peut-être même inexistantes.

— Vraiment ? s'étonna Élias.

— Sabre a essayé de m'expliquer ce phénomène, mais je n'ai pas bien compris, admit la Fiquarienne. Demande à Auri. Quoi qu'il en soit, si nous ne nous dépêchons pas, Ségun arrivera avant nous. Combien d'heures par jour peut-il voler ?

— Aile-de-Titan est réputé pour sa force, annonça l'Iséen. Tel que je le connais, Ségun va pousser sa monture au maximum, rien que pour afficher sa supériorité. Si j'étais lui, je ralentirais l'allure dès que mes lieutenants auraient compris la leçon. Ségun ignore que nous le poursuivons.

— Qu'est-ce que tu proposes ?

— Je vais en discuter avec Ombre. Tout va dépendre des cavaliers de l'enclave : s'ils arrivent à nous rattraper, et combien ils seront. Dormons une heure ou deux. Je vous communiquerai ma décision après.

Kira réfléchit un instant. Poll n'avait pas tort.

— *Tu vois ? Ce n'est pas si difficile...* souffla Dent-de-Sabre.

— *Ça va*, râla la jeune fille. *Je vais lui laisser sa chance. Mais s'il dépasse les bornes, je le tuerai de mes mains. Et toi, tu devras combattre Ombre. Je te rappelle qu'elle fait le double de ta taille.*

— *Petite farceuse !* grommela le dragon gris.

— *Je m'en tiendrai à notre plan jusqu'à ce que Poll trouve l'orbe de la nuit. Après...*

Sabre ne releva pas. Kira ne plaisantait plus. Si Poll dépassait les bornes, la Fiquarienne mettrait sa menace à exécution.

Chapitre dix-sept

Un coup de maître

— *Dragons de la nuit en vue ! Debout, Poll !*

La voix d'Ombre interrompit le rêve de l'Iséen aussi net qu'une épée tranchant une feuille de papier. Poll mit plusieurs secondes à émerger. Des taches de lumière dansèrent devant ses yeux entrouverts. Il faisait jour. Il dormait sous un arbre. Et puis, d'un coup, la mémoire lui revint : la prison, la fuite, sa dispute avec Kira... Il se força à ouvrir les paupières. Il avait l'impression d'avoir dormi dix secondes.

Poll avait réagi vite, mais Kira avait été plus rapide que lui. Sabre s'envolait déjà, sa cavalière sur son dos. Poll s'ébroua et sauta en selle.

— *Combien sont-ils ?* demanda-t-il à Ombre.

— *Trois*, répondit le dragon femelle. *Ils volent à vitesse grand V en provenance du sud-est. Et je crois qu'ils nous ont repérés.*

— *Alors, décollons*, ordonna le jeune homme. *Dans les airs, nous aurons l'avantage du nombre.*

Il jeta un coup d'œil autour de lui : Élias était prêt à partir ; Nolita escaladait le flanc de Vulcain. Ombre s'élança hors du bosquet. Aucune trace de Dent-de-Sabre. Le dragon du crépuscule avait dû se camoufler. Poll percevait ses battements d'ailes sans parvenir à déterminer d'où ils provenaient.

— Où est Sabre ? s'enquit-il à voix haute.

— *Je l'entends, mais je n'arrive pas à le localiser*, avoua Ombre. *J'ignore ses projets.*

— *Demande-lui de revenir*, la pria Poll. *Sans lui, nous n'avons aucune chance.*

Après un bref silence, Ombre répliqua :

— *Il nous rejoindra dans quelques minutes. J'ai l'impression qu'il a un plan.*

— *Un plan !* grogna l'Iséen. *Il a intérêt à savoir ce qu'il fait !*

Aurore vint se placer à côté d'Ombre, Vulcain dans son sillage. Poll entrevit Nolita : elle était blanche comme un linge. Il fit la moue. Cette fois, la Riquaméenne avait raison d'avoir peur. On ne traitait pas trois dragons de la nuit à la légère.

— C'est parti, souffla-t-il.

D'un coup d'ailes puissant, Ombre quitta le sol et s'éleva dans les airs. Poll vérifia que les autres suivaient. Aurore et Vulcain avaient décollé, mais Ombre les distançait aisément.

— *Ne nous dispersons pas*, décida Poll.

— *Reçu cinq sur cinq*, approuva son dragon, qui ralentit légèrement.

Malgré tout, le vent ébouriffait les cheveux du cavalier et lui embuait les yeux. L'Iséen plissa les paupières et tenta de repérer les dragons ennemis.

— *Derrière nous. Au-dessus. À cinq cents mètres, sur la droite*, lui apprit Ombre.

— *Vu*, annonça Poll.

Disposés en V, les trois dragons noirs fonçaient sur eux à toute allure. Pour l'instant, ils avaient l'avantage. Attaqueraient-ils sans sommation ? Ombre et Poll étaient des hors-la-loi. Mais Aurore et Vulcain ? On ne tuait pas des dragons sans raison. Surtout des dragons étrangers. C'était le meilleur moyen pour déclencher une guerre entre enclaves.

— *Ils se moquent de provoquer un incident diplomatique*, affirma Ombre. *Ils ont décrété qu'Aurore et Vulcain étaient nos complices. De toute manière, il n'en fallait pas beaucoup pour qu'un dragon du jour soit déclaré hors la loi : tu connais les tensions entre enclaves du jour et de la nuit. Quant aux dragons de l'aube, ils sont trop peu nombreux pour représenter une menace aux yeux des dragons de la nuit.*

— *À trois contre trois, je ne donne pas cher de notre peau*, conclut Poll. *Que fabriquent Sabre et Kira ? S'ils s'aperçoivent que nous sommes quatre, nos ennemis réfléchiront peut-être à deux fois avant de nous attaquer...*

Ombre essaya vainement de communiquer avec Sabre.

Les dragons continuaient de prendre de l'altitude. D'après la position du soleil, il devait être huit heures du matin. Les cavaliers avaient dormi environ quatre heures. Pas assez pour se sentir frais et dispos. En dépit de l'adrénaline qui coulait dans ses veines, Poll avait encore l'esprit embrumé.

Les dragons noirs approchaient. La confrontation était inévitable. Il n'y avait nul endroit où se cacher : les rares nuages filandreux offraient une bien piètre protection. Et il était hors de question d'atterrir. Il allait falloir se battre.

— *Leur chef vient de nous ordonner de nous poser*, l'avertit Ombre. *Sinon, ils passeront à l'attaque. Que dois-je lui répondre ?*

— *Je lui dirais bien d'aller au diable*, cracha Poll. *Qu'en pensent les autres ?*

— *La même chose que toi.*

L'Iséen regarda Nolita, à sa gauche, puis Élias, à sa droite. Le cavalier de l'aube lui fit un geste de la main qui signifiait : « À l'attaque ! »

— *Alors, préparons-nous au combat*, maugréa Poll.

— *Attends !* s'exclama Ombre. *Sabre arrive !*

— Ce n'est pas trop tôt ! murmura le cavalier de la nuit.

— *Il faut gagner du temps*, poursuivit le dragon femelle. *Je ne sais pas ce qu'il mijote, mais il prend mille précautions pour éviter de se faire détecter.*

— *Qu'il se dépêche*, râla l'Iséen en jetant un coup d'œil derrière lui. *L'ennemi est presque sur nous.*

— *Ce n'est plus qu'une question de secondes*, affirma Ombre.

Les rouages du cerveau de Poll fonctionnaient en accéléré. Quel était ce fameux plan ? Il valait mieux que Kira soit sûre d'elle. Parce que si l'ennemi les attaquait dans le dos, Ombre et les autres avaient perdu d'avance. Il était encore temps de faire volte-face et de foncer tête baissée. La seule chose qui retenait Poll, c'était le respect qu'Ombre éprouvait pour Sabre. Son dragon avait confiance. L'Iséen avait du mal à l'admettre, mais Kira était la fille de la situation. Son assurance et son sang-froid faisaient d'elle une guerrière-née.

— Accélère, *ma grande*, intima-t-il à Ombre.

Le dragon femelle réduisit son altitude afin d'accroître sa vitesse, aussitôt imitée par Aurore et Vulcain. Tactique imparable : la distance entre leurs poursuivants et eux se creusa... mais pas suffisamment. Le cœur de Poll se mit à tambouriner. L'ennemi gagnait du terrain. Les larges silhouettes sombres se découpaient sur le fond du ciel, très proches.

— *Sabre est prêt*, annonça Ombre. *Nous allons rompre la formation. Accroche-toi. Il m'a ordonné de prendre de l'altitude et de virer à droite.*

Poll resserra les doigts autour du pommeau de la selle et dilata les narines. C'était *Kira* qui lui donnait des ordres ! Si Ombre ne s'en offusquait pas, l'Iséen, lui, fulminait.

Soudain, le dragon noir violacé redressa la tête et fusa vers les hauteurs. Un voile sombre passa devant les yeux de Poll. Le brusque changement d'altitude lui donnait le vertige. Il lutta contre l'évanouissement, contracta les muscles de ses cuisses et serra ses abdominaux. Il poussa un grondement de fureur. Comme toujours la colère lui permettait de garder le contrôle.

Ombre bifurqua vers la droite ; autour de Poll, le monde tournoya ; le voile sombre se leva ; le ciel redevint bleu, et les nuages, blancs ; des étoiles dorées s'allumèrent à la périphérie de sa vision. Le jeune homme se concentra sur les trois dragons noirs. Il y en avait un gros, juste au-dessus de lui. Sûrement le chef de l'escadrille. Ses griffes luisaient d'un éclat mortel. Si elles se refermaient sur lui, Poll serait déchiqueté en dix secondes. Il fallait qu'Ombre intervienne ! Qu'elle vole en zigzag ! Qu'elle ralentisse ! Qu'elle fasse demi-tour ! N'importe quoi, pourvu que l'ennemi ne fonde pas sur eux !

La voix d'Ombre claqua comme un fouet :

— *Sabre vient d'ordonner à l'ennemi d'atterrir sur-le-champ. Sinon, leur chef mourra !*

Intrigué, Poll leva la tête. Loin au-dessus d'eux, Dent-de-Sabre s'éloignait. Il tenait quelque chose entre ses serres : le cavalier du chef des dragons noirs.

— *D'où lui est venue cette idée ?* voulut savoir l'Iséen.

— *C'est une ruse de chasseur*, ricana Ombre. *Kira est un excellent professeur. Elle avait calculé notre itinéraire en fonction du lieu de départ de l'ennemi. Sabre a pris un maximum de hauteur, a attendu le moment propice...*

— *... et il est allé cueillir le cavalier*, compléta Poll. *Nous lui avons servi d'appât. Le piège était parfait. Kira a réussi un coup de maître.*

À présent, les trois dragons noirs encerclaient Ombre, Aurore et Vulcain. Les deux cavaliers de la nuit communiquaient par signes, indécis. Poll eut un large sourire. Il adorait cet instant qui précédait la défaite de l'ennemi.

Brusquement, le chef des dragons noirs poussa un cri suraigu. Un crissement insupportable qui faisait grincer des dents et donnait la chair de poule.

— *Sabre vient de répéter son ordre*, expliqua Ombre sur un ton supérieur. *Ils n'ont pas d'autre choix que de se rendre.*

En effet. Les trois dragons noirs descendaient en spirale. Le plus gros ne cessait d'émettre son cri semblable à une centaine d'ongles griffant une plaque de métal. Poll se retint de se boucher les oreilles.

— *Qu'est-ce qu'il a, à brailler comme ça ?* s'énerva-t-il. *Je n'ai jamais entendu un hurlement pareil !*

— *Son cavalier est blessé*, souligna Ombre. *Il doit avoir la cheville cassée. Quand Sabre l'a emporté, son pied s'est coincé dans l'étrier. Il a eu de la chance.*

— *Tu appelles ça de la chance ?* s'exclama Poll, qui avait sorti les pieds des étriers sans s'en rendre compte.

— *Oui. Sabre aurait pu carrément lui arracher le pied.*

Malgré sa colère, Poll compatit :

— *Je n'aimerais pas être à sa place.*

Il réfléchit un moment, puis demanda :

— *Quels sont les ordres de Sabre ?*

— *Aucun, pour l'instant*, répondit le dragon femelle.

— *Alors dis à tes trois copains d'atterrir et de ne pas bouger. Nous relâcherons le prisonnier à quelques lieues d'ici, au nord-ouest. S'ils nous poursuivent avant midi, nous le tuerons.*

Poll essaya de paraître convaincant. Ombre mentait très mal. Si elle devinait que son cavalier n'avait pas l'intention d'exécuter leur prisonnier, les autres le sauraient aussi. Et tout serait à recommencer. Ombre transmit le message. À la grande surprise de Poll, Sabre se hâta d'approuver.

Ils mirent le cap au nord-ouest, Ombre en tête. Poll jeta un regard en arrière : les trois dragons étaient en train de se poser. Il ignorait si son coup de bluff les empêcherait de les suivre, mais il éprouvait une douce chaleur au creux des reins. Il avait gagné. Pourtant, cette victoire n'était pas vraiment la sienne. C'était celle de Sabre. Et de Kira.

Chapitre dix-huit

Remise en question

— Tenez-le bien ! ordonna Élias. Empêchez-le de bouger ! Ça va faire mal.

Poll poussa le prisonnier, qui s'affala à terre. Il s'assit à califourchon sur son torse et lui riva les bras au sol. Kira s'appuya de tout son poids sur les cuisses de l'homme et pressa ses avant-bras sur ses genoux. Nolita lui maintint la tête immobile en plaquant ses mains sur son front.

Pris de panique, le prisonnier se débattit avec l'énergie du désespoir.

— Qu'allez-vous me faire ? beugla-t-il. Laissez-moi partir !

— Je vais vous remettre la cheville en place, répliqua Élias d'une voix posée. Même un dragon du jour ne peut guérir un os brisé.

— Il n'est pas question qu'un dragon du jour s'approche de moi ! hurla le cavalier de la nuit. Aaaaïe !

L'homme se contorsionna de plus belle. En douceur, Élias releva son pantalon et entreprit d'ôter la botte. Un bruit de succion écœurant se fit entendre. Un filet de sang suinta du pied du blessé.

— Mais empêchez-le de bouger ! s'égosilla Élias.

— Je voudrais bien t'y voir ! grommela Poll, qui transpirait à grosses gouttes.

Une fois la botte enlevée, Élias fit la grimace.

— C'est une fracture ouverte, constata-t-il. L'os s'est cassé et a traversé la peau.

Il attrapa sa bouteille et versa de l'eau sur la blessure. Le cavalier de la nuit rua tel un étalon sauvage. Élias réprima une nausée. Il lorgna Kira du coin de l'œil : elle avait les paupières closes et le teint blafard. Assis sur la poitrine de l'homme, Poll tournait le dos à Élias, empêchant Nolita d'assister au spectacle. Élias poussa un soupir résigné. Pourquoi héritait-il toujours des corvées ? Il but une gorgée d'eau.

— On y va, annonça-t-il.

Son mouvement fut sec et précis. Une torsion suivie d'une traction. Le hurlement de l'homme ne parvint pas à couvrir le bruit d'os broyés. Élias, l'estomac retourné, suivit l'os du bout du doigt, essayant d'aligner les deux morceaux. Brutalement, le hurlement cessa. Le blessé avait perdu connaissance. Avec un grognement, Élias tira une dernière fois. La cheville semblait à peu près droite. Enfin... difficile à dire, tellement elle était enflée.

Avec sa manche, le jeune homme essuya la sueur froide qui perlait à son front. Il avait les mains gluantes de sang.

— Reculez ! haleta-t-il. Nolita, peux-tu demander à Vulcain de prendre le relais ?

Poll, Kira et Nolita ne se firent pas prier. Ils s'éloignèrent du blessé, dont la pâleur ressortait sur l'herbe vert pomme. Élias étouffa un juron : dans sa précipitation, il avait oublié de vérifier le pouls de l'homme. La douleur avait été extrême. Il pouvait en mourir.

Il aurait fallu y penser avant. Vulcain se penchait déjà vers le blessé et prenait une profonde inspiration.

Élias observa la scène malgré lui. Le halo bleuté du dragon du jour l'envoûtait. Chaque fois qu'il assistait au miracle d'une guérison, le jeune homme retenait son souffle.

Au bout de quelques secondes, une odeur délicate, presque imperceptible, vint frapper ses narines. Une odeur de fleur et de noisette, aux notes boisées. Curieux... Il ne l'avait pas remarquée, les fois précédentes. Peut-être le vent l'avait-il emportée ? Ou peut-être Élias n'avait-il pas fait attention ? Il ferma les yeux et s'imprégna de la suave senteur. Une bouffée d'énergie lui traversa le corps. Il en éprouva un léger vertige.

Élias n'avait pas encore ouvert les yeux, mais il sut que Vulcain avait terminé. Comme s'il était lié au dragon du jour, de la même manière qu'à Aurore.

— *Tu l'as senti ?* s'enquit-il auprès d'Auri.

— *Senti quoi ?*

— *Rien... Mon imagination me joue des tours...*

— *Raconte !* insista le dragon de l'aube.

Élias s'exécuta :

— *L'espace d'un instant, j'aurais juré être connecté à Vulcain. Le lien qui m'unissait à lui était différent du nôtre, mais j'ai deviné ce qu'il faisait sans même ouvrir les yeux. Est-ce que je perds la tête ?*

— *Pas du tout*, affirma Auri. *Lorsqu'il dispense des soins, un dragon du jour ouvre son esprit. Si un autre dragon lisait alors dans ses pensées, il connaîtrait tout de lui – même ses secrets les plus intimes. Le lien qui nous unit toi et moi renforce tes facultés mentales. Ta voix télépathique devient plus puissante de jour en jour. L'odeur du feu curatif a agi comme un catalyseur. C'est grâce à lui que tu as pu toucher l'esprit de Vulcain.*

— *Je ne vois pas le rapport entre une odeur et la télépathie*, objecta Élias.

Le dragon doré prit un ton savant :

— *Les cinq sens sont intimement liés. Ils envoient des messages au cerveau, qui réagit par réflexe. Le cerveau est une machine étrange, dont on n'a pas encore percé les innombrables mystères. J'ai une théorie : l'odeur du feu curatif a inconsciemment dirigé tes pensées vers celles de Vulcain. Ce qui ne veut pas dire que tu es en train de développer un lien avec lui.*

— *Tu me rassures*, soupira Élias.

Le dragon bleu recula pour permettre au cavalier de l'aube d'examiner la cheville du blessé. Tout était rentré dans l'ordre ; l'homme respirait normalement. Il paraissait détendu. À l'évidence, il ne souffrait plus.

Élias lui remit sa chaussette et sa botte ensanglantées. La nuit, la température descendait bien au-dessous de zéro. Sans protection, l'homme aurait des engelures qui lui vaudraient l'amputation.

— *Son dragon va vite le retrouver*, assura Auri à son cavalier.

— *Deux précautions valent mieux qu'une*, répliqua ce dernier.

Poll l'apostropha :

— Eh bien ? C'est pour aujourd'hui, ou pour demain ?

Tout le monde était prêt à partir. Il ne manquait plus qu'Élias. Après un dernier regard au convalescent, le cavalier de l'aube monta en selle. Il n'avait pas la conscience tranquille. Allongé sur un monticule herbu, près d'un ruisseau, l'homme semblait très vulnérable. Les rares arbres qui bordaient la prairie constituaient un bien piètre abri.

— *Y a-t-il des prédateurs, en Iséa ?* interrogea Élias pendant qu'Auri prenait son élan.

— *Il y a des prédateurs sur toute la surface de Treer, mais pas dans le coin*, affirma le dragon doré. *Ne te tracasse pas pour ce cavalier : cela m'étonnerait que son dragon attende jusqu'à midi pour partir à sa recherche.*

— *Les choses prennent une drôle de tournure, n'est-ce pas ?*

— *Qui a dit que ce serait facile ?* rétorqua Auri. *Quel est l'intérêt d'aller chercher quatre orbes et de les ramener à l'Oracle sans se battre ? Le danger pimente l'aventure. Ce qui compte, c'est la façon dont on accomplit une mission, pas la mission elle-même. Il ne faut pas avoir peur de la mort : elle est inévitable, pour les humains comme pour les dragons. Avec la mort aux trousses, je me sens vivante. Utile. Importante. Pas toi, Élias ?*

Si. Élias avait toujours rêvé d'aventures. Pourtant, il ne s'attendait pas à vivre un tel périple. Si ses parents apprenaient ce qu'il traversait, ils en mourraient.

Aurore prit de l'altitude. Élias laissa le vent ébouriffer ses cheveux, et l'air pur et froid s'insinuer dans ses narines. Il fallait oublier le danger. Apprécier l'instant présent. Savourer cette chevauchée dans les airs. Voler lui procurait toujours un plaisir intense. À dos de dragon, Élias se sentait libre. Débordant d'allégresse. Béni des dieux. Et le lien qui l'unissait à Auri renforçait ces sentiments. C'était ce lien qui rendait ces chevauchées si spéciales.

Les pics gigantesques se dessinaient loin derrière eux, à présent. Ce n'étaient plus que de petits triangles mauves qui rapetissaient à vue d'œil. Les dragons survolaient une immense étendue verte et plate – la toundra. En hiver, elle serait entièrement recouverte de neige.

La neige. À quoi ressemblait-elle ? En Fiquare, même au cœur de l'hiver, il ne faisait jamais assez froid pour qu'il en tombe. Élias avait aperçu les sommets blancs des montagnes d'Orupée, de Riquamée du Nord et d'Iséa. Ils étaient si beaux ! Si purs ! Il avait eu envie de s'y plonger tout entier. Les griffons avaient établi leur repaire dans les montagnes, eux aussi. Peut-être Élias aurait-il la chance de toucher cette drôle de substance ?

Les trois jours qui suivirent s'écoulèrent sans accroc. Grâce au temps clément et aux brises légères, les quatre dragons avalaient les kilomètres, mais les cavaliers étaient épuisés. On se levait avant l'aube et on se couchait tard dans la nuit. Les pauses étaient de plus en plus courtes. Chacun avait les nerfs à vif. Les steppes du Nord, arides et inhospitalières, rendaient les voyageurs mal à l'aise. Hormis quelques hameaux isolés, il n'y avait pas une ville à l'horizon. Élias était estomaqué. Comment pouvait-on s'installer au milieu de nulle part ?

Au matin du deuxième jour, ils firent halte dans l'un de ces hameaux. Les dragons partirent à la chasse – la toundra regorgeait de gibier –, mais les cavaliers en avaient assez de ne manger que de la viande. Ombre rapporta un daim, qu'ils échangèrent contre du pain et des légumes frais.

Tandis qu'il aidait un villageois à suspendre la carcasse de l'animal à un crochet, Élias demanda :

— Avez-vous vu passer d'autres dragons ?

— Pas depuis trois saisons, répondit l'homme. On n'en voit pas beaucoup, par ici.

Mauvaise nouvelle. Ségun et ses acolytes n'avaient pas pris le même chemin. Impossible de déterminer leur avance.

Kira et Poll se disputaient toujours – souvent pour des broutilles – mais avec moins d'ardeur. Élias avait percé à jour les manœuvres de la Fiquarienne : elle détournait l'attention de Poll pour garder le contrôle de la situation. Diablement malin. L'Iséen croyait diriger les opérations ; en fait, c'était Kira qui tirait les ficelles. Un jeu dangereux, pensait Élias. Si Poll découvrait la supercherie, il entrerait dans une colère noire. Et Élias devrait s'interposer, malgré ses réticences. Le succès de la Grande Quête en dépendait.

Nolita, elle, ne se mêlait pas des querelles. Elle avait suffisamment de problèmes. Ses phobies, pour commencer. Si elle continuait à les surmonter avec brio, la tension se lisait sur son visage. La Nolita qu'Élias avait rencontrée en Riquamée du Nord était amaigrie et mourait de faim. Même rassasiée, la Nolita d'aujourd'hui avait les traits tirés et le teint cireux.

De plus, elle n'avait toujours pas accepté son statut de cavalière-dragon. Dès qu'elle mettait pied à terre, elle se ruait vers le point d'eau le plus proche et se lavait les mains. Élias avait noté l'apparition d'autres rituels : après l'atterrissage, avant les repas, après le lever... Chaque fois, la jeune fille exécutait un certain nombre de gestes, toujours identiques et toujours dans le même ordre. Si on l'interrompait, c'était la catastrophe.

Nolita se tenait systématiquement à l'écart, y compris lorsqu'on l'invitait à prendre part à la conversation. Quand Kira et Poll se chamaillaient, Élias se tournait vers son dragon. Il n'était jamais vraiment seul. Nolita ne pouvait pas en dire autant.

Au début, Élias s'était interrogé. Pourquoi l'Oracle les avait-il choisis, eux ? Et puis, il avait trouvé la réponse : malgré leurs différences, dragons et cavaliers étaient complémentaires. Vulcain et Nolita étaient courageux. Ombre et Poll, forts et ambitieux. Sabre et Kira, tenaces et rusés. Et lui ? Auri était... spéciale... mais lui ? Par réflexe, le cavalier de l'aube regarda son beau dragon doré.

Élias était un garçon simple, modeste et ordinaire. Alors pourquoi l'Oracle l'avait-il désigné ?

Chapitre dix-neuf

Un retard imprévu

Les lèvres engourdies par le froid, Kira grommelait :

— En-co-co-re des m-m-montagnes ? Qu-que leur trouvez-v-vous, à la f-f-fin ?

— *Les dragons adorent y nicher*, énonça Dent-de-Sabre comme si c'était une évidence. *Ce sont des lieux splendides, majestueux, à la fois dangereux et excitants. Vous ne savez pas ce que vous manquez, vous, les humains.*

L'espace d'un instant, la colère réchauffa la jeune fille :

— La savane de Fiquare est tout aussi splendide et dangereuse !

Puis le froid reprit le dessus :

— J-je ne m'y s-s-suis jamais ennuyée. Et en p-p-plus, il faisait ch-ch-chaud ! Ici, j'ai l'imp-p-pression que mon s-s-sang s'est gelé dans mes v-v-veines !

Au-dessus des collines, il n'y avait pas de vent, mais l'air était glacé. Kira avait depuis longtemps lâché le pommeau de sa selle. Elle se donnait de vigoureuses claques sur les bras.

Malgré son chapeau fourré, elle avait les oreilles rougies. Le bout de son nez, ses doigts, ses orteils étaient devenus insensibles. Ses bottes et ses gants ne la protégeaient plus. Il allait falloir atterrir.

— *C'est vrai qu'en Fiquare la température est agréable*, admit Sabre. *Cela dit, je n'aimerais pas y vivre. L'air des montagnes est bien plus vivifiant.*

Kira décida d'épargner sa mâchoire douloureuse et de poursuivre la conversation par télépathie :

— *Nous devrons nous mettre d'accord, une fois notre quête accomplie. Pour rien au monde je n'habiterai dans une grotte... Et si tu demandais aux autres de se poser ? Je suis frigorifiée. Tiens ! Là-bas, à la lisière de ces bois !*

Après une courte pause, Sabre répondit :

— *Aurore et Vulcain peuvent continuer encore un peu. Ombre n'est pas d'accord pour s'arrêter. Poll et elle sont pressés d'atteindre la vallée des Griffons.*

— Tu m'étonnes ! gronda la jeune fille.

Comment ses trois amis arrivaient-ils à supporter ce froid ? Était-ce parce qu'ils y étaient habitués ? Élias avait grandi sur les hauts plateaux de Fiquare. Nolita, en Riquamée du Nord, où la neige n'était pas rare. Et Poll, près d'une chaîne de montagnes d'Iséa centrale.

— *Dis à notre « maître vénéré » que c'est une urgence*, cracha la Fiquarienne. *Invente. N'importe quoi, mais il faut atterrir.*

— *Comme tu voudras.*

Sabre attendit que Kira se raccroche à la selle, plia les ailes, descendit en piqué et se posa près de la forêt, aussitôt imité par les trois autres dragons.

La Fiquarienne avait mal évalué la situation. En réalité, elle avait les membres paralysés. Quand elle glissa le long du flanc de Sabre, elle s'écroula comme une masse. Le choc lui coupa la respiration. Le temps parut s'arrêter. Kira ferma les yeux – trois secondes ? une minute ? deux heures ? Élias l'aida à se relever en lui murmurant des mots de réconfort. La voix de Sabre était là aussi, dans sa tête. Kira les entendait sans les comprendre. Tout se brouillait. Se mélangeait. Se superposait. Elle ne distinguait que des intonations inquiètes.

À présent, la jeune fille avait chaud. Et sommeil. Elle voulut enlever sa veste de vol ; quelqu'un l'en empêcha. Elle en éprouva une vive colère. Elle mourait de sommeil. Pourquoi ne lui fichait-on pas la paix ?

Puis elle sentit qu'on portait un gobelet à ses lèvres. Elle avala un liquide doux et tiède, au goût suave. Elle eut l'impression qu'une flamme bienfaitrice lui réchauffait la gorge. Les paupières lourdes, elle tendit la main pour s'emparer du gobelet. Qui fut aussitôt retiré.

— Encore ! marmonna-t-elle.

Elle eut droit à d'autres gorgées. Toutes petites. Pas trop rapides. Elle eut envie de hurler de frustration, mais préféra sombrer dans l'inconscience.

La voix de Poll la ramena à la réalité. Le jeune homme était furieux. D'instinct, Kira devina que c'était à cause d'elle. Elle ébaucha un sourire. Même sans le vouloir, elle contrariait l'Iséen. La jeune fille entrouvrit les yeux. Avait-elle dormi longtemps ? Il faisait encore jour, mais le soleil frôlait l'horizon, à l'ouest.

Une voix calme déclara :

— Tu es le cavalier le plus expérimenté du groupe. Ça ne t'est jamais arrivé de te faire surprendre par le froid ? Moi, si : le jour de ma rencontre avec Auri. Nous avons failli y rester, elle et moi. Kira avait atteint ses limites. Donnons-lui le temps de récupérer.

Élias énonçait ses arguments avec un tel aplomb ! Une telle aisance ! Kira adorait quand on tenait tête à Poll. L'Iséen ne répondit pas. Élias avait touché le point sensible. La jeune fille se promit de replacer cette botte lors de sa prochaine dispute avec Poll.

— Très bien, capitula celui-ci. Nous repartirons demain matin.

Nolita demanda d'une toute petite voix :

— Vous avez déjà vu un griffon ?

Discrètement, Kira ouvrit un peu plus les yeux. Juste pour apprécier la réaction des garçons. Elle avait entendu parler de ces créatures fabuleuses, mi-lions, mi-aigles. Nul ne savait d'où elles venaient. Les dragons affirmaient qu'elles vivaient dans ces montagnes, au nord-ouest de l'Iséa. Et les dragons se trompaient rarement.

— Non, répondit Élias.

— Moi non plus, avoua Poll.

— Quelle taille mesurent-ils ? s'enquit Nolita, la gorge serrée.

— D'après Auri, ils sont aussi gros qu'un poney, lui apprit Élias. Et ils viennent de l'autre monde. Celui de l'autre côté de la brèche.

— Comment le sait-elle ? se récria Poll sur un ton sceptique.

— L'histoire est célèbre, dans l'enclave des dragons de l'aube, répondit Élias. C'est la seule, avec la Grande Quête, qui mette en scène plusieurs dragons. L'Oracle leur avait confié la mission de ramener un certain nombre de griffons sur Treer. C'étaient des créatures étranges et dangereuses, mais menacées d'extinction par les hommes qui vivaient de « l'autre côté ».

— Dangereuses ? releva Nolita d'une voix tremblante. Pourquoi l'Oracle les a-t-il rapatriées ici, alors ?

— Selon Auri, l'Oracle aurait eu une vision : les griffons étaient appelés à jouer un rôle essentiel dans l'avenir de Treer. Les ramener dans notre monde fut long et périlleux. Les griffons, réticents à l'idée de quitter leur patrie, finirent par céder. Ils sont très peu nombreux, à ce qu'affirme Auri. Et à mon avis, ils sont bien mieux sur Treer que de « l'autre côté ».

Nolita n'avait retenu qu'une information : les griffons étaient très peu nombreux. Elle semblait soulagée.

— À ta place, je ne me réjouirais pas trop, ajouta Élias. Les griffons sont arrivés sur Treer il y a très longtemps. Auri prétend qu'ils ont un sens aigu de la propriété. Ils sont forts et courageux. Et d'après la légende, ils ont emporté un trésor inestimable dans leurs bagages... Un trésor qu'ils gardent jalousement.

— Un trésor ? intervint Poll. Et si c'était l'orbe de la nuit ? Si le vers « Suis les conseils des preux » signifiait : « Prends-leur ce qu'ils gardent » ?

Kira se retint d'éclater de rire. Ce garçon était si prévisible ! Si borné !... Quand Poll avait une idée en tête...

— C'est une traduction trop fantaisiste, objecta Élias. Si l'Oracle avait voulu qu'on vole quelque chose aux griffons, il l'aurait précisé dans son poème. Rappelle-toi la strophe :

Libère l'orbe noir, car la mort, c'est ma vie,
Suis les conseils des preux, mais prends garde à la lame,
Prudence est maître mot – réflexion, bonté d'âme.
Si tu sers la justice, les menteurs seront punis.

— Justement ! s'entêta l'Iséen. *La mort, c'est ma vie.* Nous devons prendre l'orbe aux griffons. Peut-être devrons-nous les tuer. C'est l'évidence même !

« Quel idiot ! » railla Kira en son for intérieur.

Élias n'en démordait pas :

— Ça ne colle absolument pas avec le reste du quatrain. Que fais-tu des « conseils des preux » ? De la « prudence » ? De la « bonté d'âme » ?

— Nous le découvrirons en temps voulu, éluda

Poll. Tu as dit toi-même que pour le premier orbe, la strophe a pris tout son sens une fois que Nolita a eu récupéré la sphère. Ce sera pareil pour moi. Tu verras.

Élias s'efforçait de garder son calme :

— Je n'ai pas l'intention de doucher ton enthousiasme ; je veux juste que tu examines les diverses possibilités. Depuis quand un voleur est-il prudent et bon ? L'Oracle te demande de réfléchir. Je t'encourage à le faire.

Oh ! oh ! La discussion s'envenimait. Nolita choisit de faire diversion :

— Nous cherchons des orbes dragoniques, n'est-ce pas ?

— Oui, approuvèrent les garçons de concert.

— Et les dragons n'existent pas, de « l'autre côté » ?

— Accouche, s'énerva Poll.

— Alors comment les griffons auraient-ils pu ramener un orbe dragonique sur Treer ?

« Bravo, Nolita ! songea Kira. Voilà qui va clouer le bec à Poll ! »

Mais Poll avait toujours réponse à tout :

— L'Oracle vit depuis plusieurs millénaires. Peut-être qu'il avait chargé des cavaliers-dragons d'emporter l'orbe noir de « l'autre côté » !

— Pour quelle raison ? objecta Élias.

— Qu'est-ce que j'en sais ? Pour le protéger. Pour le cacher. Pour éviter que quelqu'un ne s'en empare.

Kira se renfrogna. Décidément, l'Iséen allait leur donner du fil à retordre. La conversation s'enlisait

Elle décida d'y mettre un terme. Elle bâilla ostensiblement et s'étira. En un éclair, Élias l'avait rejointe.

— Ça va mieux ? s'enquit-il.

— Oui, merci, opina la Fiquarienne. J'ai dormi longtemps ?

— Presque une journée, grinça Poll. Le soleil va bientôt se coucher.

Le ton de l'Iséen en disait long : Kira leur avait fait perdre trop de temps. La jeune fille n'était pas d'humeur à se chamailler. Pourtant, elle ne put résister à la tentation d'ajouter :

— Je me sens en pleine forme... Où sommes-nous ?

— À quelques lieues de la vallée des Griffons, grogna Poll.

— Les griffons attendront jusqu'à demain, précisa Élias.

L'Iséen se raidit :

— Les griffons, oui, mais Ségun ? S'il trouve l'orbe avant nous, ce ne sera pas facile de le lui prendre. Je préfère combattre quelques griffons plutôt que Ségun et ses acolytes.

« Un point pour toi, Poll », concéda Kira malgré elle.

La jeune fille observa la montagne immaculée. La neige atteignait presque le bas des pentes. Kira frissonna. Si Ségun les avait coiffés au poteau à cause d'elle, Poll ne le lui pardonnerait jamais. Et leur mission tournerait au cauchemar.

Chapitre vingt

La vallée des Griffons

— *Tu es sûre que Sabre connaît la route ?* s'inquiéta Poll. *J'ai l'impression qu'on tourne en rond.*

— *Nous arrivons*, répliqua Ombre.

Ils avaient volé toute la matinée sans apercevoir le moindre signe de vie, hormis un aigle solitaire à la recherche d'une proie. Poll serrait les dents. Il faisait un froid de canard. Le reflet du soleil sur les vastes étendues neigeuses lui donnait la migraine. Mais le climat jouait en leur faveur. En montagne, il faisait rarement aussi beau. Alors autant en profiter. Ils avaient perdu assez de temps.

— *Nous arrivons ? Quand ?* insista-t-il

— *Très bientôt*, affirma Ombre. *Selon Sabre, l'entrée de la vallée des Griffons est dissimulée aux regards. Les griffons n'aiment pas les étrangers. Sabre leur a rendu visite une seule fois, il y a trois cents ans, mais il pense pouvoir se repérer.*

Poll était interloqué. Trois cents ans ! Pas étonnant que Sabre se soit perdu.

— *Tu te trompes*, objecta Ombre. *Ou alors... Ségun s'est égaré, lui aussi. Regarde.*

L'Iséen leva les yeux. Six dragons de la nuit, séparés en deux groupes de trois, survolaient la vallée, positionnés en V. Kira et Élias les avaient repérés, eux aussi ; ils lui faisaient signe. Comme d'habitude, Nolita fixait le ciel, mais à la façon dont elle penchait la tête, Poll savait qu'elle avait aperçu les dragons noirs.

Les quatre compagnons avaient l'avantage : Ségun et ses lieutenants étaient trop loin pour détecter leur présence. Poll jeta un coup d'œil derrière lui. Les trois dragons de la nuit qu'ils avaient semés la veille pouvaient les rattraper à tout moment.

— *Ralentis*, ordonna-t-il à Ombre. *Ils vont nous voir. Pourquoi avancent-ils aussi lentement ?*

— *Tu ne m'as pas écoutée*, l'admonesta le dragon femelle. *L'entrée de la vallée des Griffons est proche et bien cachée. Et, apparemment, Ségun et Aile-de-Titan savent où elle se trouve... Tiens. Tu vois ? Ils tournent à droite.*

Ombre avait raison. Les six dragons noirs bifurquèrent et se mirent à la queue leu leu. Poll retint son souffle. Un seul regard en arrière, et les cavaliers de la nuit s'apercevraient qu'ils étaient suivis. Alors adieu l'élément de surprise ! Mais Ségun et ses hommes disparurent l'un après l'autre derrière une paroi rocheuse.

Poll eut l'impression qu'ils *s'enfonçaient* dans le flanc de la montagne.

— *Comment se fait-il qu'ils ne nous aient pas repérés ?* demanda-t-il, soulagé.

— *Un dragon ne détecte un autre dragon que s'il le cherche*, expliqua Ombre. *Pourquoi Ségun et ses hommes nous chercheraient-ils ? Ils te croient en prison, et pensent que Kira, Élias et Nolita n'ont pas encore quitté la Fiquare. De plus, ils sont très concentrés. L'entrée de la vallée des Griffons est... particulière.*

— *Tu peux préciser ?*

— *Non*, lança Ombre, énigmatique. *Je m'en voudrais de te gâcher la surprise.*

Le jeune homme sentit la panique l'envahir. Ségun l'avait devancé. Voilà qui changeait la donne. Il allait falloir improviser. Or, l'improvisation n'était pas son fort.

En cas de combat, la situation risquait de vite dégénérer. Sabre, Aurore et Vulcain avaient plus d'un tour dans leur sac... Cela suffirait-il face à six dragons de la nuit surentraînés ?

— *Ne t'inquiète pas*, le rassura Ombre. *Sabre est formel : tant que nous serons dans la vallée des Griffons, Ségun et ses acolytes ne pourront rien entreprendre contre nous. Nous devrions accélérer pour nous emparer de l'orbe avant lui.*

Poll avait un doute, tout à coup :

— *D'où Sabre tire-t-il une telle certitude ?*

— *Les griffons contrôlent leur territoire. Ils interdisent à quiconque de se battre sans raison valable. Ségun n'est pas stupide : bien que plus petits que les dragons, les griffons sont de farouches guerriers. Mieux vaut éviter de les provoquer.*

Ombre emprunta le même chemin que les dragons de la nuit. À mesure que sa monture approchait de la paroi de droite, Poll s'interrogeait. Il se dirigeait vers une falaise sans faille ni crevasse. Ségun et les autres n'avaient pas pu passer par là. Ils avaient dû tourner un peu plus loin, dans la vallée.

Poll ressentit l'amusement de son dragon, par le biais du lien. Ombre abaissa l'aile droite et fonça droit sur la falaise.

— *Les griffons sont des créatures supérieurement intelligentes*, annonça-t-elle. *L'entrée de leur repaire est dissimulée par de savants jeux d'ombre et de lumière. L'essentiel, c'est de se repérer – ce qui n'est pas facile, même quand on sait où chercher.*

Et toujours, Ombre volait vers la paroi.

— Heu... Qu'est-ce que tu fais, là ? demanda Poll, paniqué.

Pour seule réponse, le dragon femelle accéléra, sans dévier de sa trajectoire. Une sonnette d'alarme se déclencha dans la tête du cavalier. Il crispa les doigts sur le pommeau de la selle, contracta ses muscles, puis se détendit. Ombre n'était pas une tête brûlée. Poll avait confiance en elle. Pourtant, toutes les fibres de son corps criaient : « DANGER ! » Il ne put retenir un hurlement :

— Ooombre !!!

Trop tard. Ils allaient s'écraser contre la falaise. Poll haleta, ferma les yeux et se recroquevilla derrière l'éperon du dragon.

Plus que trois secondes avant l'impact. Deux... Une... L'Iséen battit des paupières. Et resta muet de stupeur.

Ombre longeait un couloir de la largeur de ses ailes déployées. Poll regarda autour de lui : l'illusion était parfaite. Une fois de ce côté de la paroi, on distinguait la fissure dans la roche, absolument invisible quelques mètres auparavant.

Une fissure ? Plutôt un défilé très étroit, qui débouchait sur la gauche. Ombre aurait du mal à amorcer un virage. Elle semblait ne pas s'en inquiéter.

— *Accroche-toi*, lâcha-t-elle.

Elle abaissa brusquement l'aile gauche. Poll eut l'impression qu'un poids formidable le plaquait à la selle. Puis Ombre se repositionna à l'horizontale. De toutes ses forces, son cavalier agrippa le pommeau pour ne pas glisser.

Il regarda derrière lui. Sabre les talonnait. Poll s'efforça de sourire et maudit la rougeur de ses joues. Si Kira l'avait entendu hurler, il n'avait pas fini d'en entendre parler !

Devant, le passage s'élargissait. Les parois escarpées s'incurvaient. Ils arrivaient dans la vallée. Poll scruta le ciel : y avait-il un moyen de la survoler en prenant de l'altitude ? Pouvait-on supporter un froid pareil ? Les montagnes, certes, n'étaient pas aussi hautes que celles qui abritaient l'enclave des dragons de la nuit. N'empêche...

Enfin, les quatre dragons sortirent de la gorge. En contrebas, s'étendait une immense vallée enneigée, ponctuée de gros rochers gris. De part et d'autre, des murs de roche anthracite se dressaient vers l'azur. Un ruisseau parsemé de plaques de glace, elles-mêmes tapissées de neige, coulait au milieu de la cuvette.

Et près du ruisseau, les six dragons de la nuit avaient formé un cercle, à l'intérieur duquel s'étaient rassemblés leurs cavaliers.

Pas le moindre griffon en vue.

Dès que Ségun eut repéré les intrus, les six cavaliers se ruèrent vers leurs montures. L'affrontement paraissait inévitable. Ombre et ses amis avaient l'avantage de la vitesse, mais Poll savait qu'en cas de combat les pertes seraient lourdes. Des deux côtés.

— *Tu es sûre que nous sommes arrivés ?* demanda-t-il à Ombre.

— *Absolument.*

— *Alors, pose-toi. Il faut éviter la bataille ; à quatre contre six, nous ne faisons pas le poids.*

— *Comme tu voudras*, répliqua le dragon femelle, une note de déception dans la voix.

Ombre rêvait de vengeance – elle n'avait pas oublié le coup fourré de Ségun. Elle obéit pourtant sans protester. Elle descendit en spirale et atterrit sur le sol immaculé, à une centaine de mètres des dragons de la nuit. Sabre, Vulcain et Aurore se posèrent près d'elle.

Poll jeta un coup d'œil à ses compagnons. Kira n'était pas contente. Bah ! La Fiquarienne n'approuvait jamais les décisions de Poll. Élias était nerveux – à juste titre. Quant à Nolita, elle affichait une expression indéchiffrable. Décidément, cette fille était une énigme. Poll la voyait toujours comme un être lâche, mais elle devait bien avoir des qualités. Sinon, comment aurait-elle réussi à trouver l'orbe du jour ?

L'Iséen, avec une feinte assurance, passa la jambe par-dessus la selle et se laissa glisser le long du flanc de son dragon. Il atterrit avec un bruit de verre pilé, de la neige jusqu'aux chevilles. Quand il se dirigea vers ses compagnons, le crissement de ses pas lui rappela son enfance. Il chassa ses souvenirs d'un haussement d'épaules. Ce n'était pas le moment de songer au passé.

— J'espère que tu sais ce que tu fais, gronda Kira d'une voix sourde.

L'Iséen lui décocha un sourire resplendissant.

— Non, rétorqua-t-il avec aplomb. Des questions ?

— C'est quoi, le plan ? interrogea Élias, qui ne quittait pas Ségun et ses acolytes des yeux.

Les cavaliers de la nuit s'étaient lancés dans une discussion animée. Poll avait peut-être eu raison de ne pas passer à l'attaque. Ségun et sa troupe étaient décontenancés... Pour combien de temps ?

— Nous allons parlementer, annonça l'Iséen. Même si Aile-de-Titan a dû reconnaître Ombre, Ségun ne s'attend pas à me voir. Nous allons profiter de l'effet de surprise. Il vaudrait mieux ne pas livrer combat. En vol, nous n'avions aucune chance. Gagnons du temps, incitons Ségun à parler. Et espérons que les griffons se montreront. Sinon, nous pourrons faire nos prières...

— Enfin une décision raisonnable ! s'exclama Élias.

Il regarda Kira, qui pinçait les lèvres.

— Tu as une meilleure idée ? s'enquit-il.

— Non, admit la Fiquarienne. Mais restons à distance. Nous avons affaire à six adultes armés jusqu'aux dents. Ne tente rien de stupide, Poll. Au sol, nous ne sommes pas plus forts qu'en vol... bien au contraire.

L'Iséen approuva de la tête.

À présent, les six cavaliers de la nuit marchaient de front vers eux, suivis par les six dragons noirs. Poll réprima un soupir. Il allait falloir jouer serré.

Il se tourna vers Ségun et ses hommes. Élias se plaça à sa gauche et Kira, à sa droite. Nolita se réfugia à côté d'Élias.

Les quatre compagnons avancèrent à la rencontre de l'ennemi.

Chapitre vingt et un

Le défi

Les deux lignes de cavaliers-dragons s'arrêtèrent à dix pas l'une de l'autre. Élias songea immédiatement à son affrontement avec Borkas et Farrel, sur la lande, près de chez lui. Il venait de rencontrer Aurore. Le dragon de l'aube avait donné une bonne leçon aux deux brutes qui ne cessaient de terroriser les enfants du village. Élias s'était senti fort. Maître de son destin. Sûr de lui. Pas cette fois. Il n'avait pas de botte secrète pour désarçonner ses adversaires.

Il coula un regard vers Poll et Kira. Ils semblaient très à l'aise, tous les deux. Étonnant, compte tenu des circonstances. Comme Élias, Nolita cachait mal sa nervosité. À une différence près : ce n'étaient pas les cavaliers de la nuit qui l'effrayaient, mais leurs gigantesques dragons noirs.

Soudain, Élias perçut un mouvement sur sa droite. Sans tourner la tête, il jeta un coup d'œil. La chose approchait à vive allure.

— *Auri ?...* appela-t-il en silence.

La voix de son dragon résonna dans son esprit :

— *Oui, Élias. C'est un griffon. Je crois que Ségun et ses hommes ne l'ont pas vu.*

Car Ségun plantait son regard de glace dans les yeux de Poll. Ce regard bleu, si froid, plus froid que la neige de la vallée.

— Je t'ai mal jugé, Poll, déclara-t-il avec calme. J'ignore comment tu nous as rejoints, mais tu viens de commettre ta dernière erreur. La Grande Quête n'aboutira jamais.

— Je n'ai pas fait tout ce chemin pour abandonner si près du but, rétorqua Poll. Mes compagnons et moi sommes déterminés à mener notre mission à bien.

Une voix rocailleuse retentit depuis les hauteurs :

— Qu'il en soit ainsi !

Les cinq hommes de Ségun dégainèrent leurs armes avec un bel ensemble. Le dirigeant de l'enclave ne broncha pas. Élias nota que Poll et Kira avaient à peine sursauté. Ils ne quittaient pas Ségun des yeux. Le griffon se posa entre les deux lignes adverses, replia ses ailes et se plaça entre Poll et Ségun.

Élias examina Nolita du coin de l'œil. La jeune fille était aussi pâle que la neige qui recouvrait le sol. Elle faisait un effort évident pour ne pas s'enfuir ventre à terre. Avec un respect mêlé de crainte, Élias détailla la créature qui venait d'apparaître.

Le griffon scrutait les dix cavaliers de ses yeux noirs comme du jais. Il avait le corps d'un lion, avec la tête et les ailes d'un aigle. Sa fourrure dorée étincelait ; ses plumes lustrées luisaient au soleil, révélant un subtil camaïeu de bruns, de bleus et de noirs. Il avait des griffes acérées et un bec incurvé qui paraissait d'acier. Élias frémit. Selon Auri, les griffons faisaient partie des rares créatures capables de percer les écailles des dragons. Malgré sa petite taille, ce griffon n'hésiterait pas à s'attaquer aux dragons. Il incarnait la force, la grâce et la noblesse.

Très vite, Élias s'était senti à l'aise auprès des dragons. Même si Auri se montrait parfois autoritaire et prétentieuse, elle n'était jamais froide ni hostile. Ce griffon, en revanche, affichait un air supérieur et dégageait une aura glacée. Le cœur d'Élias s'affola lorsque la créature agita la queue et toisa chaque cavalier.

— Je m'appelle Karrrok, énonça-t-il avec un fort accent. Je suis le porrte-parrole de mon peuple. Nous vous attendions, libérrateurs de l'orrbe noirr. Qui parrmi vous désirre rrapporrter la sphèrre à l'Orracle ?

Poll s'avança d'un pas et proclama :

— Moi. Je m'appelle Poll, cavalier de Souffle d'Ombre.

Élias était impressionné. En dépit du regard réfrigérant de Karrok, la voix de l'Iséen ne tremblait pas. À sa place, Élias aurait certainement flanché.

— Qu'il en soit ainsi, répéta le griffon avec un coup d'œil circonspect en direction d'Ombre. Qui parrmi vous désirre détrruire l'orrbe ?

Élias attendait que Ségun se désigne. À sa grande surprise, les six cavaliers de la nuit se rassemblèrent et se concertèrent à mi-voix. Une poignée de secondes plus tard, l'un des lieutenants – un colosse – se détacha du groupe et déclara :

— Moi. Je m'appelle Kriss, cavalier de Dépeceur.

Élias se raidit. Les mots de l'Oracle lui revinrent en mémoire : *Prends garde à la lame... Prends garde à la lame...* Cet homme et son dragon avaient des noms qui évoquaient des poignards. Le kriss était un poignard à la lame ondulée en forme de flamme. Le dépeceur, un couteau conçu pour ôter la peau au gibier. Doté d'un torse et de bras puissants, le lieutenant de Ségun paraissait capable d'étouffer un ours à mains nues.

— Forrt bien, laissa tomber Karrok. Poll, connais-tu les rrègles selon lesquelles vous allez vous affrronter ?

— Non, avoua l'Iséen. L'Oracle nous a seulement dit de venir vous demander conseil.

— Et toi, Krriss ?

— Non plus, confessa le colosse en quêtant le soutien de son chef.

Ségun ne lui accorda pas ce plaisir.

— J'obéis aux ordres de mon dirigeant, ajouta Kriss, déconcerté.

La voix de Karrok se répercuta en échos dans la vallée :

— Qu'il en soit ainsi ! Vous allez devoirr rremporrter une éprreuve qui se dérroulerra en trrois manches.

Nous donnerons l'orrbe à celui qui en rremporterra au moins deux. Est-ce bien clairr ?

— Oui, Karrok ! s'écrièrent Poll et Kriss.

Le griffon se tourna vers Poll et annonça :

— Les deux cavaliers qui t'ont prrécédé ont échoué à ce stade. Les grriffons ne se mêlent pas des affairres des drragons. Pourr nous, peu imporrte que l'Orracle vive ou meurre. Afin d'honorrer la prromesse que nous avons faite il y a forrt longtemps aux cavaliers-drragons qui nous ont emmenés ici, nous allons arr-bitrer ce concourrs de manièrre imparrtiale. En selle, Poll et Krriss. La prremièrre manche va commencer.

— Et nous ? s'informa Ségun.

— Que ceux qui veulent détrruirre l'orrbe longent le côté gauche de la vallée, ordonna Karrok. Que ceux qui veulent le rrapporrter à l'Orracle longent le côté drroit. Si vous obéissez, nous ne vous ferrons aucun mal. Mais si vous enfrreignez les rrègles, vous serrez sévèrrement châtiés. Cherrchez le piédestal de métal et mettez-vous prrès de lui. Vous pourrrez observer votrre champion. N'oubliez pas : les grriffons vous surrveillent !

Élias réprima un sourire. Comment une poignée de griffons osaient-ils donner des ordres à dix dragons ? Il se retourna vers la falaise. Et se frotta les yeux. Auri avait été mal renseignée : les griffons n'étaient pas en nombre restreint. Il y en avait des centaines, qui obs-curcissaient le ciel au-dessus de la vallée. Qui épiaient les intrus, postés sur des surplombs rocheux, telles des gargouilles monstrueuses. Qui arpentaient les pentes des montagnes.

— *La petite communauté a drôlement grandi depuis son arrivée sur Treer !* ironisa Élias à l'intention d'Aurore. *Où étaient cachés tous ces griffons ?*

— *Aucune idée*, avoua Auri. *Une chose est sûre : si nous ne respectons pas les règles, nous ne ressortirons pas vivants de cette vallée...*

Élias posa la main sur l'épaule de l'Iséen. La victoire dépendait de lui, à présent.

— Bonne chance, Poll, murmura-t-il.

À en juger par la mine féroce de Kriss, il allait en avoir besoin.

Nervosité. Impatience. Excitation. Tous les sentiments se mélangeaient. Poll était sur le point d'accomplir son destin. Ce défi marquait le point d'orgue de son périple. D'abord, il y avait eu l'évasion, spectaculaire. Ensuite, la course-poursuite, jusqu'à la vallée des Griffons. Et maintenant, l'épreuve. On lui offrait l'occasion de s'emparer de l'orbe sans combattre. Il lui suffisait de remporter deux manches sur trois. Kriss ne l'impressionnait pas. Et Dépeceur n'arrivait pas à la cheville de Souffle d'Ombre.

— *L'heure de notre revanche a sonné*, chuchota-t-il en caressant le museau de son dragon. *Ségun va regretter d'avoir fait de nous des hors-la-loi.*

— *Voilà des paroles qui tintent agréablement à mes oreilles*, siffla Ombre d'un ton rageur.

L'Iséen ne s'attendait pas qu'Élias lui souhaite bonne chance. Il lui répondit d'un hochement de tête. Emmurée dans sa peur, Nolita s'abstint de tout commentaire. Kira – faut-il s'en étonner ? – préféra jouer les enquiquineuses :

— C'est maintenant que le quatrain de l'Oracle prend son sens. Sois bon. Réfléchis. Sers la justice. Autrement dit : ne triche pas.

— Merci pour tes précieux conseils, railla l'Iséen. Tu es la sagesse personnifiée.

— Tu n'as pas entendu ce qu'a dit Karrok ? se récria la jeune Noire, qui luttait pour refréner sa colère.

— J'ai oublié, rétorqua Poll avec un petit sourire suffisant.

Kira ne mâcha pas ses mots :

— Chaque fois, ce sont des cavaliers de la nuit qui ont fait échouer la Grande Quête. Ils devaient être aussi butés et prétentieux que toi !

Sur ce, Kira tourna les talons et rejoignit Dent-de-Sabre. Poll s'efforça de maîtriser sa fureur. Il n'était pas question de montrer à Élias et à Nolita que la Fiquarienne avait raison : si Poll échouait, l'Oracle mourrait. Sa seule chance de réussir, c'était de se fier au poème. De lire entre les lignes. S'il avait su ravaler sa fierté, l'Iséen aurait sauté au cou de Kira pour la remercier.

Il bondit sur la patte avant d'Ombre, monta en selle et glissa les pieds dans les étriers.

— *Prêt !* annonça-t-il à son dragon.

Ombre s'élança dans le sillage de Karrok. Très vite, Kriss et Dépeceur les rejoignirent en vol.

Le griffon traversa la vallée. Poll repéra le piédestal en métal dont avait parlé Karrok. Il ressemblait à celui qu'avait évoqué Nolita. Sauf qu'il n'y avait pas d'orbe dessus.

Karrok le survola et se posa cinq cents mètres plus loin, sur un gros rocher couvert de neige. Les deux dragons atterrirent sur le petit plateau qui s'étendait sous le rocher.

À nouveau s'éleva cette voix rocailleuse, qui résonna dans la vallée :

— Trrois manches. La prremièrre : un test de coorrdination, qui exigerra de vous brravourre, rrapidité et discerrnement. Deux grriffons vous attendrront dans le ciel, au-dessus de la vallée, une lance entrre les serrres. Dès que vous aurrez frranchi un point prrécis, ils la lâcherront. À vous de la rrattrraper au vol. Interrdiction de vous placer plus bas que les grriffons sous peine d'être disqualifiés.

Poll se sentit accablé. Il se remémora les paroles d'Ombre : « Rattraper mon cavalier en plein vol n'est pas mon exercice favori. » Le dragon femelle avait eu du mal à le sauver. Pourtant, Poll était tombé de très haut, et il était bien plus gros qu'une lance. Il avait écarté bras et jambes pour se stabiliser. La lance, elle, tournoierait dans les airs et risquerait de blesser, voire de tuer quiconque tenterait de l'attraper. Ou alors, elle chuterait comme une pierre et irait se ficher dans le sol avant qu'Ombre n'ait le temps de dire « ouf ».

Poll s'efforça de dissimuler son angoisse :

— *Tu te sens d'attaque pour un petit jeu d'adresse, ma grande ?*

— *Ce n'est pas mon préféré, mais je ferai de mon mieux*, répliqua le dragon femelle.

— *Je ne t'en demande pas plus*, conclut Poll.

Chapitre vingt-deux

Une lutte acharnée

Les dés étaient jetés. Poll s'envolait vers sa destinée. Là-haut, dans le ciel, il était plus serein. Le battement régulier des ailes d'Ombre et le vent dans ses cheveux le rassuraient. Kriss et Dépeceur grimpaient à ses côtés, vers l'endroit indiqué. Poll jeta un coup d'œil à son aîné : il semblait calme et sûr de lui. Un vrai frimeur.

Ombre accéléra. L'Iséen sentit qu'elle mourait d'envie de montrer à Dépeceur de quoi elle était capable. Elle pouvait le semer en quelques secondes.

— *Garde tes forces*, lui intima Poll. *On ne sait jamais.*

— *Pardon*, répondit-elle. *Je me comporte comme un dragonneau... Je vois les deux griffons. Ils sont plus haut que prévu. Un bon point pour nous.*

Comme pour leur compliquer la tâche, le vent se leva. Une rafale tourbillonna, entraînant Ombre vers le bas. Sans céder à la panique, Poll parvint à repérer deux silhouettes minuscules, très haut au-dessus de la vallée.

— *Nous avons une petite chance d'attraper cette lance avant qu'elle ne touche le sol*, concéda-t-il.

Ombre monta en cercles et vint se placer face aux griffons. À cette altitude, les turbulences étaient plus prononcées. Tout en serpentant entre des murs invisibles, les deux dragons s'écartèrent pour ne pas se tamponner.

Brusquement, Dépeceur fit une queue-de-poisson à Ombre et se précipita vers les griffons. Le dragon violet réagit au quart de tour et se lança à la poursuite du mauvais joueur.

La monture de Kriss était rapide, moins que celle de Poll, toutefois. Ombre poussa une pointe qui coupa le souffle à son cavalier. L'Iséen s'accrocha à la selle et serra les dents. En deux ans, il avait appris à gérer zigzags et embardées. Cela faisait longtemps qu'il n'était plus malade en vol. Mais aujourd'hui, entre la tension nerveuse, les bourrasques violentes et l'appréhension, il avait un goût de bile dans la bouche.

Le vent et la vitesse lui brouillaient la vue. Ombre avait presque rattrapé son adversaire quand elle replia les ailes et plongea vers la vallée.

La lance ! Distrait par Dépeceur, Poll avait oublié l'essentiel ! L'air rugissait à ses oreilles, l'accélération le plaquait contre le dos du dragon. Les yeux étrécis, il distinguait à peine le paysage. Ombre augmenta sa vitesse. Encore. Encore. Droit vers la vallée. C'était de la folie !

Les falaises qui entouraient la vallée n'étaient plus que deux murs de brume grise. Le tapis de neige, une marée ondulante. L'Iséen avala sa salive plusieurs fois ; la pression lui broyait les tympans. Toujours pas de lance en vue. Et soudain, il l'aperçut, juste au-dessous d'eux, fine ligne brune virevoltant sur le fond blanc. Sans la neige, Poll ne l'aurait sûrement pas vue.

Une idée lui traversa l'esprit :

— *Plonge en dessous !* ordonna-t-il à Ombre. *C'est moi qui vais l'attraper !*

Sans réfléchir, le dragon violet piqua droit vers le sol. Ombre vouait à son cavalier une confiance aveugle. Poll ne voulait pas la décevoir. Il n'avait droit qu'à un essai. Un seul. À gauche et à droite, les parois rocheuses rétrécissaient à vue d'œil. Le sol se rapprochait à une allure folle.

Comme au ralenti, Ombre dépassa la lance et plongea dessous. Poll était droitier, mais l'arme était trop loin. Il leva la main gauche. Guetta le moment propice. Observa la lance tournoyer au-dessus de lui.

— *Maintenant !* s'écria Ombre.

Agrippant le pommeau de la selle de la main droite, Poll redressa le buste et tendit la main gauche. Le vent ne lui facilitait pas la tâche, le repoussant sans pitié. Le jeune homme banda ses muscles. Son bras droit tremblait sous l'effort. Le vent tentait de le désarçonner. Il pinça les lèvres, poussa un grondement de fureur et étira le bras au maximum.

— Remonte un peu, demanda-t-il à Ombre à haute voix.

— *Plus le temps !*

Il fallait ralentir, sinon, c'était le crash assuré. Le dragon déploya les ailes, qui agirent à la manière d'un parachute. Ombre freina, mais pas la lance. Elle se coinça entre le pouce et l'index de Poll, avec une telle violence qu'il crut qu'elle lui avait arraché les doigts. D'instinct, il referma le poing autour de la hampe ; son pouce ne lui obéissait plus ; il était sûrement foulé. Sous le choc, Poll fut projeté en avant. La force de gravité le maintint collé au dos du dragon. Il avait l'impression qu'un éléphant s'était assis sur ses épaules.

— AAAAAAAARRRG !!!

Il hurla malgré lui et contracta les abdominaux. Un voile gris s'abattit devant ses yeux. Entre ses omoplates, le poids l'écrasait de plus en plus. Il fit un effort surhumain pour ne pas s'évanouir. Ne penser qu'à une chose : la lance. Ne pas lâcher cette lance si lourde.

Et soudain, la pression disparut. Dans sa main, l'arme redevint aussi légère qu'un bout de bois. Ombre frôla le sol, soulevant des volutes de neige.

— *Bravo, ma grande !* s'exclama le cavalier. *Tu t'en es sortie comme un chef !*

— *Nous avons fait un travail d'équipe*, rectifia le dragon. *Tu es blessé ? J'ai ressenti une vive douleur lorsque tu as attrapé la lance.*

Poll avait fait passer l'arme dans la main droite. Son pouce gauche l'élançait atrocement. Il parvenait à peine à le bouger.

— *Je l'ai mal réceptionnée*, confessa-t-il. *J'ai dû me tordre le pouce. Rien de grave.*

Peut-être pour lui. Mais qu'éprouvait son dragon, au juste ?

— *Où sont Kriss et Dépeceur ?* s'enquit-il en regardant autour de lui.

— *Au-dessus de nous, à quelques mètres derrière.*

Poll jeta un coup d'œil et lâcha un juron : le dragon adverse tenait la deuxième lance entre ses griffes.

Ombre mit son élan à profit pour remonter un peu vers la droite et rejoindre le fond du canyon, où les attendait Karrok. Trente secondes plus tard, Dépeceur atterrit à son tour. Poll sauta à terre et planta la lance dans la neige devant le griffon.

Impassible, Karrok dévisagea les deux cavaliers de la nuit.

— Tu t'es comporté avec brravourre, Poll, finit-il par déclamer, une note de respect dans la voix. Cependant, Dépeceurr a attrrapé la lance le prremier. La victoirre rrevient donc à Krriss et à son drragon.

Poll vit rouge. Quelle injustice ! Il n'avait jamais été question d'attraper la lance en premier ! Il ouvrit la bouche pour protester. Ombre l'en empêcha :

— *« Sers la justice », a dit l'Oracle.*

La justice. Parlons-en ! Poll était tellement furieux qu'il avait l'impression qu'un cube de glace lui plombait l'estomac. Cependant, malgré son envie d'exiger réparation, il se tint coi. Si Ombre avait cité l'Oracle, c'était qu'elle avait ses raisons.

— *Concentre-toi*, poursuivit-elle. *Il nous reste deux manches. Si nous les remportons, l'orbe sera à nous.*

— *J'adore quand tu me mets la pression*, marmonna Poll entre ses dents.

Il lorgna vers Kriss. Le sourire narquois du colosse réveilla sa colère. En moins de dix secondes, il imagina une bonne centaine de façons d'effacer ce rictus de son visage. Puis Karrok l'arracha à ses pensées moroses :

— La deuxième manche est un test d'adrresse. Les cavaliers doivent enfiler surr leurr lance cinq anneaux suspendus à des corrdes, que mes frrèrres tiennent entrre leurrs grriffes, à des hauteurrs différrentes.

Poll frissonna d'anxiété. Il était assez habile, mais la lance mesurait au moins quatre mètres de long. Maintenir l'arme à l'horizontale tout en volant relevait de l'exploit. En plus, il ne pourrait pas se tenir à la selle à cause de sa main blessée.

— Vous décollerrez à mon signal, ajouta Karrok, dans une dizaine de minutes – le temps que mes frrèrres se prréparrent. Vous rreviendrrez dès que vous aurrez les cinq anneaux.

Poll protégeait son pouce de sa main droite. Discrètement, il examina son doigt blessé : il était gonflé, et une auréole violacée en colorait la base. Il appuya un peu. Aussitôt, une douleur fulgurante lui vrilla le bras jusqu'au coude.

— *Je donnerais n'importe quoi pour que Vulcain soit là*, admit-il, les larmes aux yeux.

Le jeune homme avait du mal à croire qu'il venait de réclamer la présence d'un dragon du jour.

— *Je n'arriverai pas à demeurer en selle en tenant la lance*, enchaîna-t-il. *Je ne peux plus me servir de ma main gauche.*

— *Désires-tu abandonner ?* interrogea Ombre avec angoisse.

— *Abandonner ?* cracha Poll. *Jamais ! Je remonte chercher une corde dans ma sacoche. J'ai une idée.*

— *Explique.*

— *Je vais attacher mon poignet à la selle.*

L'Iséen s'empara de la lance et se dirigea vers son dragon, qui avait plié la patte avant. D'abord, Poll coinça la lance à la verticale dans le pli du genou d'Ombre. Puis il grimpa en selle. Avec une seule main, ce n'était pas évident. Une fois bien installé, il ouvrit la sacoche et en sortit une corde – trop longue pour l'usage auquel il la destinait.

Qu'à cela ne tienne : il la glissa sous sa cuisse, en enroula un bout autour de sa main gauche et coupa la longueur désirée à l'aide du couteau qui pendait à sa ceinture. Le reste tomba à terre. Tant pis. Poll rengaina son couteau et entreprit tant bien que mal d'attacher son poignet gauche au pommeau de la selle.

Au loin, il aperçut les griffons. L'épreuve allait

commencer. Il fit deux tours avec la corde autour du pommeau, et deux tours autour de son poignet. Juste à temps. La voix de Karrok s'éleva dans le canyon :

— Cavaliers, prenez vos lances !

Poll sursauta. Il se pencha en avant, attrapa l'arme et la fit doucement grimper, par à-coups. Quand il l'eut bien en main, il l'abaissa un peu et la cala entre deux éperons d'Ombre. La pointe saillait à un mètre de la tête du dragon.

— *Ne regarde pas à gauche*, l'avertit Poll. *Je n'ai pas envie de te crever un œil.*

— *La lance me gêne un peu*, avoua sa monture. *Essaie de la relever de quelques centimètres lorsque j'aurai décollé.*

— *D'accord.*

— Mes frrèrres se sont séparrés en deux grroupes, annonça Karrok. Vos anneaux, Ombrre et Poll, se trrouvent prrès du verrsant gauche. Les vôtrres, Krriss et Dépeceurr, sont prrès de celui de drroite. À vos marrques...

Les deux dragons s'apprêtèrent à décoller.

— ... Prrêts...

Poll sentit les muscles d'Ombre se contracter.

— PARRTEZ !

Ombre s'élança avec une telle force que Poll fut projeté en arrière. La corde se tendit d'un coup et se resserra autour de son poignet. La douleur lui coupa le souffle, mais le nœud tint bon. Il rectifia son assiette et redressa légèrement la pointe de la lance.

— *Dès que tu approcheras des anneaux, tâche de te placer un peu en dessous et sur la droite*, ordonna-t-il à son dragon.

Déjà, le premier griffon était en vue. Poll repéra l'anneau, pendu à ses serres par une corde, à l'aplomb du point de chute. La gueule grande ouverte, la créature faisait du sur-place sans parvenir à se stabiliser : elle montait et s'abaissait, tel un bouchon de liège au bout d'une canne à pêche.

Ne pas rater son coup. Se concentrer. Se coller au flanc d'Ombre, pour éviter de regarder l'adversaire.

— *Ralentis*, intima-t-il.

Le dragon obéit sur-le-champ et cessa de battre des ailes. En vol plané, Poll était beaucoup plus stable. Il plissa les yeux, pinça les lèvres et observa les mouvements du griffon. En haut, en bas... En haut, en bas... Soudain, il comprit pourquoi l'anneau ne bougeait pas : le griffon tenait *deux* cordes. Une dans chaque patte.

Poll abaissa la pointe de la lance et cueillit le premier anneau. La corde se rompit d'un coup sec, déviant un peu l'arme de sa trajectoire, puis Ombre tourna à droite et se dirigea vers le second griffon – beaucoup plus bas que le premier. L'Iséen vérifia où en étaient ses adversaires : Kriss venait lui aussi d'attraper l'anneau, avec une demi-seconde de retard.

À présent, les choses se compliquaient. Ombre perdait de l'altitude et amorçait un virage à gauche. Objectif droit devant. Le deuxième griffon oscillait de haut en bas, mais avec moins de régularité que le précédent. Poll crut qu'il avait l'anneau. Erreur : la pointe de la lance l'avait seulement percuté. Une corde céda, et l'anneau s'envola dans les airs. Maintenant, il ne pendait plus que par une corde et tournoyait comme une toupie.

L'Iséen poussa un juron. Ombre le rassura :

— *Pas de panique. Nous le prendrons au retour. Concentre-toi.*

La concentration. Le maître mot de cette manche. En approchant du troisième anneau, Poll constata qu'il était plus petit que les deux autres. Il parvint tout de même à le récupérer.

Idem pour le quatrième, qui se coinça à l'extrémité de la lance. L'arme était de plus en plus lourde. Poll la leva, l'agita un peu, et l'anneau glissa le long de la hampe.

Distrait par ce contretemps, le jeune homme ne regardait plus devant lui. Ombre virait à droite pour se placer face au cinquième griffon. D'instinct, Poll voulut saisir le pommeau de la selle de la main gauche... et, poussant un hurlement de douleur, il ôta vivement la main ; de nouveau, la corde lui mordit le poignet. Le cavalier se repositionna et examina le cinquième anneau. Un cercle minuscule. Qui, soudain, se retrouva au bout de sa lance. Par quel miracle ? La chance ? L'intuition ? Peu importait. Seul le résultat comptait.

— *Bien joué !* s'écria Ombre. *Kriss vient de manquer son coup. Vous êtes à égalité !*

Plus qu'un anneau. Déjà, Ombre revenait vers le second griffon.

— *Pourquoi perdre du temps à le récupérer ?* protesta Poll. *Kriss et moi en avons quatre chacun. Retournons auprès de Karrok. Je n'ai pas envie de me faire brûler la politesse une deuxième fois.*

— *Karrok a été très clair : nous devons récupérer les cinq anneaux.*

— *C'est juste. En piste !*

Demi-tour. Direction, le deuxième griffon. Poll avait des crampes dans le bras droit. La lance lui paraissait en plomb. Son biceps était en feu ; son poignet, sur le point de se briser. Il fallait maintenir la lance à la verticale coûte que coûte, faute de quoi, les anneaux tomberaient dans la vallée.

Les quatre autres griffons avaient disparu. Le dernier l'attendait de patte ferme. Poll retint une exclamation de stupeur. Au bout de sa corde, l'anneau oscillait comme un pendule fou. De haut en bas. De gauche à droite. Et, en plus, il tournoyait sur lui-même.

Ombre ralentit.

— Non ! s'égosilla son cavalier. Fonce ! Sinon, nous ne rattraperons jamais Dépeceur !

Ombre comprit le message. Elle tendit le cou et força l'allure. Chaque battement d'ailes les rapprochait de leur cible. Et toujours, l'anneau pivotait. Poll souleva à peine la pointe de sa lance. L'anneau était plus large que les trois derniers, mais il s'agitait dans tous les sens, comme un yoyo mal équilibré. Ombre dépassa le griffon. L'espace d'un instant, Poll crut qu'il avait manqué sa cible, puis il sentit la corde se rompre.

— *Je l'ai !* cria-t-il. *En avant, ma grande ! À fond de train !*

Ombre fendit les airs et rejoignit Karrok en un éclair. Un virage à gauche, un savant pliage d'ailes, et elle se posa à quelques mètres du chef des griffons. Poll abaissa la lance ; les cinq anneaux atterrirent dans la neige, à côté des griffes de Karrok.

Dix secondes plus tard, Dépeceur se posait à son tour, dans un souffle d'air beaucoup moins élégant.

Karrok leva les yeux et déclara :

— Les deux équipes ont fait prreuve d'une adrresse sans égale. Néanmoins, Ombrre et Poll rremporrtent la deuxième manche.

Égalité !

Chapitre vingt-trois

La Lame

Poll mit pied à terre, envahi par des émotions contradictoires : fierté, nervosité, soulagement. Ombre et lui pouvaient revenir la tête haute. Il s'en était fallu d'un cheveu pour qu'ils gagnent la première manche. Quant à la seconde, ils l'avaient remportée avec brio. Pourtant, Poll appréhendait la troisième. À l'évidence, elle nécessitait des préparatifs assez longs : les griffons avaient demandé aux concurrents de rejoindre leurs camps respectifs.

Élias accourut le premier, la main tendue :

— Quel duo vous formez ! Félicitations ! Je n'ai jamais vu spectacle aussi renversant !

Surpris par son enthousiasme, l'Iséen lui serra la main. D'habitude, pour éviter peine et déception, Poll se renfermait sur lui-même. L'amitié l'avait toujours meurtri. Et c'était sa faute – son ambition démesurée éloignait les gens de lui. Depuis le début de cette aventure, Poll gardait ses distances avec les trois autres cavaliers-dragons. Élias, au contraire, comptait bien devenir son ami. Cette idée réchauffa le cœur de l'Iséen.

— Comment te sens-tu ? s'inquiéta le cavalier de l'aube.

— J'ai connu mieux, admit Poll.

Puis il croisa le regard de Kira. Et là, stupéfaction : il y lut du respect. Nolita, fidèle à elle-même, se tenait à l'écart du groupe – et surtout loin de Souffle d'Ombre.

— Tu te débrouilles vraiment bien en vol, fut forcée de reconnaître Kira. Ce ne doit pas être facile de manier une lance aussi longue.

— Heu... Merci, murmura Poll.

— En quoi consiste la troisième manche ?

— Je l'ignore. Karrok nous a ordonné d'aller nous reposer pendant que les griffons la préparent.

Poll baissa les yeux vers la vallée. Rassemblés autour de Kriss, les cavaliers de la nuit congratulaient leur champion. Puis, d'un coup, le ton parut changer. Ségun donna un ordre à un de ses lieutenants, qui alla rejoindre son dragon.

— Qu'est-ce qu'ils manigancent ? grommela l'Iséen.

Kira aussi avait repéré le manège de leur ennemi.

— Il faudra les avoir à l'œil, affirma-t-elle, les paupières plissées. Je parie qu'ils mijotent un mauvais coup.

— Arrêtez de voir le mal partout, intervint Élias. Que voulez-vous qu'ils tentent ? Les griffons sont plusieurs centaines !

— Ségun est capable de tout, grinça Poll.

— Mais Karrok veille, objecta Élias.

— Tu as raison, conclut l'Iséen. Je me fais du souci pour rien... Excuse-moi une seconde... j'ai un service à demander à Nolita.

Élias lança un regard intrigué à Kira, qui ouvrait des yeux grands comme des soucoupes. Poll n'avait toujours affiché que du mépris pour Nolita. S'il s'abaissait à lui demander une faveur, cela devait être très important. Il ne fallait manquer ça sous aucun prétexte. Élias et Kira se précipitèrent à la suite de Poll, en dérapant sur la neige.

— Je suis contente que ce soit toi qui aies relevé ce défi, commenta Nolita alors que l'Iséen s'approchait d'elle. Tu es taillé pour ce genre de mission.

— L'Oracle nous a choisis en fonction des épreuves qui nous attendaient, répliqua Poll avec un sourire. Tu as réussi ; moi, pas encore. Si je veux gagner, il faut que tu m'aides.

— Comment ? s'étonna-t-elle d'une voix haut perchée.

Poll lui montra sa main :

— Je me suis blessé en attrapant la lance. Si je ne me soigne pas, je peux faire une croix sur mes espoirs de victoire. Peux-tu demander à Vulcain de me guérir ? S'il te plaît.

En apercevant l'auréole violacée, Nolita grimaça.

— L'Oracle nous a ordonné de nous entraider, murmura-t-elle. C'est avec plaisir que Vulcain te rendra ce service.

L'Oracle ? Pour l'instant, Poll s'en fichait comme de l'an quarante. Il voulait gagner, point final. Battre Kriss, par tous les moyens. Même si, pour cela, il devait mettre sa fierté de côté. Ses trois compagnons suivaient les instructions de l'Oracle à la lettre. Grand bien leur fasse. Poll, lui, avait une revanche à prendre. S'il remportait l'ultime manche, la crédibilité de Ségun serait sérieusement égratignée. Il en salivait d'avance.

Soudain, un dragon de la nuit s'élança dans les airs. Le froissement des ailes rompit le silence de la vallée, et la créature s'éloigna vers le passage qui menait hors du canyon.

— Suis-moi, continua Nolita. Vulcain va arranger ça sur-le-champ.

— Merci.

Dans la neige, les écailles du dragon bleu brillaient d'un éclat presque surnaturel. Bien que plus petit qu'Ombre, Vulcain était impressionnant. Poll n'avait jamais remarqué à quel point il était majestueux. En fait, ce dragon resplendissait. Le jeune homme chassa cette pensée d'un hochement de tête. Seule Ombre l'intéressait. Ombre, et le pouvoir curatif de Vulcain.

Il se plaça devant lui et attendit. Impassible, le dragon bleu le regarda fixement. L'espace d'un instant, Poll crut qu'il lisait dans son esprit. Il se retint de partir en courant. La créature inspira. Lentement. Poll tendit la main gauche vers sa gueule...

... et il connut la puissance du dragon.

La première fois que Vulcain l'avait soigné, Poll était inconscient. Il s'était imaginé une guérison très précise, comme on panse ou on suture une plaie. La réalité était tout autre. Lorsque le halo de flammes bleues l'enveloppa, il ferma les yeux. Puis, comme le feu ne brûlait pas, il entrouvrit les paupières. Les flammes dansaient sur sa main. Ses poils s'étaient hérissés sur ses avant-bras. Ses cheveux flottaient autour de sa tête, telles des algues jaunes caressées par un courant invisible.

Au niveau de sa blessure, la peau le chatouillait, mais il ne ressentait aucune douleur. Il sentit le feu pénétrer sa chair, réparer les ligaments, remettre les os en place. Il observa sa main : l'hématome diminuait à vue d'œil. Comme la fois précédente, une vague d'énergie le parcourut des orteils à la racine des cheveux. Quand Vulcain cessa de souffler, Poll eut envie de hurler de joie.

Il s'inclina devant le dragon avec respect, se retourna, et fit de même devant Nolita, qui devint rouge comme une pivoine. Élias et Kira, eux, le dévisageaient, sidérés. Poll réprima un sourire satisfait. Il avait semé le doute chez ses compagnons. Objectif atteint. L'Iséen était un grand manipulateur. Avec des alliés aussi précieux qu'Élias, Kira et Nolita, Ségun pouvait réciter ses prières. Le dirigeant de l'enclave allait regretter d'avoir fait de Poll un hors-la-loi.

Duper Kira serait plus difficile. Même impressionnée, la Fiquarienne affichait un cynisme évident. Il allait falloir donner le change, feindre de se vouer corps et âme à la Grande Quête. Se servir d'elle pour se venger de Ségun.

— Je meurs de faim, déclara-t-il.

— Je n'ai pas le temps de cuisiner, répliqua Kira. Allez. Repas froid pour tout le monde !

Les quatre cavaliers-dragons fouillèrent dans leurs sacoches à la recherche de nourriture. Brusquement, Poll leva la tête : le dragon de la nuit revenait. Déjà ?

— *Les griffons lui ont interdit de quitter la vallée*, expliqua Ombre. *Aile-de-Titan est furieux. On sent sa frustration à plusieurs lieues à la ronde. Le plan de Ségun – quel qu'il soit – est tombé à l'eau.*

— Bien fait pour lui, gronda Poll, soudain plus léger.

Les quatre compagnons déblayèrent la neige et s'assirent sur des rochers. Ils avaient froid aux fesses, mais au moins, ils étaient au sec.

Ils mangèrent en silence, épiant le manège des six cavaliers de la nuit. Curieux. Ségun avait l'air très satisfait.

— Oh... je n'aime pas ça, siffla Kira.

— Surveille tes arrières pendant la dernière manche, Poll, conseilla Élias.

Plutôt deux fois qu'une. Le sourire de Ségun ne présageait rien de bon.

Une demi-heure plus tard, Karrok atterrit près du piédestal de métal et appela les concurrents d'une voix vibrante :

— En selle ! Prréparrez-vous pourr la trroisième et derrnièrre manche : vitesse et endurrance. Vous allez disputer une courrse en suivant les écharrpes de couleurr disposées dans la montagne. Le vainqueur rremporrterra l'orrbe. Les grriffons surrveillerront chaque embrranchement, pourr s'assurrer du bon déroulement de l'éprreuve. Le prremier repèrre se trrouve juste à la sorrtie de la vallée.

Poll exultait. Face à Ombre, Dépeceur ne faisait pas le poids. Son dragon était plus fort et plus rapide. Sûr de la victoire, il sauta en selle ; Kriss l'imita. Poll étouffa un ricanement nerveux. La vie de l'Oracle, l'avenir des dragons et l'équilibre du monde dépendaient d'une simple course. C'était à mourir de rire.

À nouveau, la voix de Karrok retentit :

— À vos marrques... Prrêts... PARRTEZ !

Les deux concurrents furent catapultés dans les airs. Aile contre aile, Ombre et Dépeceur foncèrent à l'horizontale vers le fond de la vallée. Il fallait arriver le premier au tunnel qui menait à la montagne. Une fois engagé dans les défilés, on ne pouvait pas se doubler.

Les dragons ne cédaient pas un pouce de terrain. Poll lança un regard à Dépeceur : le dragon noir fouettait l'air de sa queue, s'en servant comme d'un propulseur. La méthode, quoique disgracieuse, était efficace : Ombre n'arrivait pas à le distancer. Puis l'Iséen remarqua un détail troublant : la queue du dragon était pourvue d'une pointe triangulaire et acérée, qui ressemblait à un couteau de chasse. La monture de Kriss portait bien son nom. Si Ombre se retrouvait derrière Dépeceur, elle se ferait tailler en pièces. L'os de dragon trancherait son cuir aussi facilement qu'une motte de beurre.

Le cavalier se pencha à droite de l'éperon et se coucha sur l'encolure d'Ombre.

— *Plus vite !* l'encouragea-t-il.

La vallée se rétrécissait. Les deux dragons amorcèrent le dernier virage à touche-touche et foncèrent vers le tunnel. Leurs ailes se frôlaient. Poll surveillait Dépeceur de près. Il s'attendait à un sale tour. Il se trompait : le dragon noir perdit de l'altitude et laissa Ombre passer devant.

Celle-ci en profita : elle replia ses ailes et s'engouffra dans le tunnel en serpentant le long du boyau creusé dans la montagne. À nouveau plaqué sur le dos de sa monture, Poll banda ses muscles et agrippa le pommeau de la selle à deux mains. Quelques secondes plus tard, Ombre jaillissait hors du tunnel.

— *Attention, virage à droite !* prévint-elle.

À peine Poll eut-il aperçu la première écharpe bleue que son dragon contourna un piton rocheux. Une fois encore, le cavalier fut écrasé par la pression, obligé de se cramponner de toutes ses forces à la selle. Ombre se redressa et se remit à battre des ailes. À fond de train.

L'Iséen regarda derrière lui : Kriss et Dépeceur n'étaient qu'à quelques mètres.

— *Veille à ne pas te fatiguer*, conseilla-t-il à Ombre. *Si le parcours est long, tu risques de t'essouffler.*

— *Dépeceur s'essoufflera avant moi*, rétorqua le dragon femelle. *Nous volons vers la victoire.*

Ombre avait sa chance, en effet. Hormis Aile-de-Titan – le plus grand dragon jamais rencontré –, personne ne pouvait battre Ombre à la course. Personne. Poll était heureux de se mesurer à Kriss, et non à Ségun. Son triomphe ne serait pas aussi écrasant, mais il était certain de remporter l'épreuve.

Un second repère. Juste devant lui, sur le sol. Impossible de le rater, un ruban bleu sur fond de neige blanche. La vallée dessinait une fourche ; la bande de tissu indiquait qu'il fallait tourner à droite. Poll aperçut les griffons, perchés sur l'aiguille qui divisait la vallée en deux. Comme Karrok l'avait annoncé, ils supervisaient l'épreuve.

Petit à petit, Dépeceur perdait du terrain. Ombre prit à droite, entre deux immenses dents rocheuses qui évoquaient des canines monstrueuses. Un vent glacé tourbillonnait dans le goulet. Plus haut, le ciel se voilait de blanc. Le temps se gâtait. La pluie serait là dans quelques heures, à la tombée de la nuit. Poll espérait avoir fini la course avant.

Les parois de la falaise s'incurvaient légèrement sur la droite. Une autre écharpe – noire, cette fois – indiquait qu'il fallait encore tourner à droite. Mais où ? Poll ne distinguait aucune gorge !

— *Regarde mieux*, intervint Ombre. *Nous devons emprunter cette crevasse.*

Le cavalier ne put retenir une exclamation :

— *Quoi ? Nous n'y arriverons jamais ! Elle est bien trop étroite !*

À vrai dire, la crevasse était une lézarde aux parois hérissées de rocs pointus.

— *C'est faisable*, contra le dragon femelle.

Elle esquissa un virage un peu plus large pour avoir une meilleure vue d'ensemble. Si elle prenait de l'altitude, elle passerait aisément, mais perdrait de la vitesse. En outre, elle risquait de se déchirer les ailes sur les saillies. Et, pour couronner le tout, on ne voyait pas où aboutissait le passage.

— *Ah ! Voilà qui devient intéressant !* se réjouit le dragon.

C'est à cet instant que Poll se rendit compte qu'il avait commis une erreur : il n'y avait pas de griffons à cet embranchement. Il se retourna ; Dépeceur dépassa la crevasse sans même ralentir. Poll étouffa un juron. On lui avait tendu un traquenard.

— *Ségun nous a eus !* gronda-t-il. *Ce ne sont pas les griffons qui ont posé ce repère noir, mais le cavalier de la nuit de tout à l'heure !*

Ombre se concentrait pour ne pas heurter les parois. Impossible de grimper pour faire demi-tour, à moins de ressortir de la crevasse et de perdre de précieuses minutes. Et impossible de descendre : en bas, la crevasse se rétrécissait ; Ombre se briserait les ailes. Ils étaient bel et bien pris au piège.

Le dragon refoula sa colère et zigzagua entre les rocs acérés. La fissure s'incurvait telle une lame de cimeterre géant. Et d'un coup, Poll comprit : c'était la fameuse lame dont parlait l'Oracle ! Le Maître des Dragons les avait mis en garde, mais Poll et ses compagnons n'avaient pas su décrypter le message. Comment l'auraient-ils pu ? Comment auraient-ils pu se douter que les griffons avaient surnommé ce passage « la Lame » ?

Soudain, Poll crut que son cœur allait éclater. Ils fonçaient droit vers un cul-de-sac ! Ils allaient s'écraser !

— *Je n'ai pas dit mon dernier mot*, martela Ombre. *J'ai connu un dragonneau qui adorait les manœuvres insensées. L'inconscience de la jeunesse, probablement... Accroche-toi. Je vais tenter un vol vertical.*

— *Tu peux répéter ?* haleta Poll.

Pas le temps de répéter. Ombre leva la tête, abaissa les ailes et commença à grimper le long de la paroi. Le jeune homme fut de nouveau plaqué sur sa selle, vers l'arrière cette fois.

Le dragon perdait de la vitesse. Les pattes et le dos parallèles au mur de pierre, Ombre montait toujours plus haut, sans un bruit. Peu à peu, Poll sentit ses fesses déraper sur le cuir. Il se cramponna au pommeau de la selle, tenta de serrer les cuisses, mais ses jambes ripaient sur les écailles du dragon. À la verticale, il n'avait plus aucune prise.

Ombre s'approcha de la paroi et fit osciller sa queue vers la gauche, à la manière d'un gouvernail de bateau. Elle posa ses pattes postérieures sur une saillie rocheuse et se propulsa vers le haut.

Les fesses de Poll quittèrent la selle. Les pieds bien calés dans les étriers, les doigts crispés sur le pommeau de cuir, l'Iséen fut ballotté sur le flanc du dragon. Angoissé par une horrible impression de déjà-vu, il céda à la panique. Ombre s'inclina légèrement vers la droite ; Poll accompagna le mouvement. Contracter les phalanges. Refouler l'angoisse. Ne pas penser à la chute. Anticiper la dernière manœuvre – la plus délicate.

Tel un boulet de canon, Ombre émergea à l'air libre et se repositionna à l'horizontale. Poll retomba violemment sur la selle. Sous le choc, les larmes lui montèrent aux yeux. La pression le plaqua de nouveau sur le dos du dragon. Ombre accéléra. Le cavalier s'agrippa à la selle avec l'énergie du désespoir. Il ne voyait plus où il allait. Derrière lui, la Lame s'éloignait très rapidement.

— *Regarde !* s'écria soudain Ombre avec rage.

Plissant les paupières, Poll distingua un dragon noir qui volait dans la vallée. Un dragon noir qui s'enfuyait, une écharpe bleue entre les griffes.

Chapitre vingt-quatre

L'orbe de la mort

Poll devinait qu'Ombre projetait de se venger. Mais il y avait plus urgent.

— *Il faut rattraper Dépeceur*, ordonna-t-il. *Tu t'occuperas de ce traître plus tard.*

Ombre poussa un rugissement furibond. Le dragon noir ne perdait rien pour attendre. Effrayé, celui-ci fit une embardée, puis reprit sa course. Pourquoi s'inquiéter ? Aucun griffon n'avait été témoin de la tricherie.

L'espace d'un instant, Poll crut qu'Ombre allait lui désobéir et fondre sur le dragon noir, mais elle se détourna et s'élança à la poursuite de Dépeceur, qui avait déjà disparu derrière un pan de roche. Galvanisé par la colère, le dragon femelle redoubla d'efforts. D'habitude, Ombre volait vite. Très vite. Mais là, elle pulvérisait tous ses records.

Poll et son dragon approchaient du bout de la vallée. Au loin, Poll repéra un griffon juché sur un promontoire. Et en contrebas, un nouveau repère – une écharpe bleue. Le jeune homme maudit sa stupidité. Le changement de couleur aurait dû lui mettre la puce à l'oreille. Sa distraction avait failli lui coûter la vie.

Ombre frôla la montagne et tourna à droite, empruntant le chemin jalonné. Et en avant. À cette allure, Ombre rejoindrait Dépeceur en un clin d'œil. D'ailleurs, le dragon de Kriss se profilait déjà à l'horizon. Il pensait gagner la course dans un fauteuil. Il n'avait pas encore aperçu ses concurrents.

Soudain, Poll eut une idée :

— *Peux-tu passer en mode silencieux même à cette vitesse ?* demanda-t-il à Ombre.

— *Je vais ralentir pour les prendre par surprise*, répondit le dragon femelle avec malice. *Kriss et Dépeceur se croient en balade. Ils vont regretter de nous avoir trompés.*

Le bruit puissant des ailes du dragon devint un murmure à peine audible. La bulle de silence se referma autour d'Ombre et de Poll. Un *pop !* retentissant déchira les tympans du garçon. Le passage du mode normal au mode silencieux lui donnait toujours la même impression : l'air paraissait étouffé, comprimé. Seul le vent qui lui ébouriffait les cheveux l'ancrait dans la réalité.

Nouvel embranchement droit devant. Encore un virage à droite, indiqué par un jalon bleu. Ombre battit des ailes une vingtaine de fois, puis Kriss regarda derrière lui et sursauta.

— *Kriss nous a vus !* s'écria Poll. *Oublie le mode silencieux ! Fonce !*

Les tympans mis à rude épreuve, le cavalier entendit le vent siffler, cependant qu'Ombre repassait en mode normal. Grâce au lien invisible, il sentit que son dragon puisait dans ses ultimes ressources. Ombre était éreintée. Percluse de douleurs. Mais déterminée à l'emporter, coûte que coûte.

— *Allez !* l'encouragea-t-il. *Tu peux y arriver ! Nous touchons au but !*

Dans quelques secondes, ils atteindraient la vallée des Griffons. La boucle était bouclée. Poll apercevait le dernier repère, devant l'entrée du tunnel caché.

À présent, chaque mouvement exigeait un effort considérable de la part du dragon femelle. Poll en avait mal dans chaque nerf, chaque muscle, chaque os, chaque tendon. Où sa partenaire trouvait-elle encore la force de continuer ? Malgré sa lassitude, elle rattrapait Dépeceur, mètre par mètre. Enfin, Ombre rejoignit son adversaire. Esquiva la queue mortelle. Essaya de le dépasser par la droite. Le dragon de Kriss lui bloqua aussitôt le passage. Elle tenta par la gauche. Dépeceur se mit à zigzaguer en fouettant l'air de sa queue tranchante.

Les deux dragons approchaient du tunnel. Dès qu'Ombre esquissait une nouvelle manœuvre, Dépeceur anticipait, vif comme l'éclair. Ils s'engouffrèrent dans le passage l'un derrière l'autre. Le cœur de Poll bondit dans sa poitrine. Une seule erreur signerait leur arrêt de mort à tous les quatre. Les battements d'ailes résonnaient dans le boyau. Impossible pour Ombre de doubler son adversaire. Elle devrait miser sur le sprint final.

Le tunnel tournait à gauche. Les dragons tanguèrent à une vitesse vertigineuse. À nouveau, Poll fut plaqué contre le dos de son dragon. Cette fois, la pression fut telle qu'il en eut le souffle coupé. Des étoiles dorées clignotaient devant ses yeux.

Ombre décida d'adopter une autre tactique : onduler à gauche et à droite, en frôlant les parois de roche. À plusieurs reprises, Poll crut qu'une aile allait accrocher une saillie. Soudain, le passage s'élargit ; les dragons débouchèrent dans la vallée, tels deux missiles. Ombre feinta à gauche ; Dépeceur suivit le mouvement...

... et tomba dans le piège. Ombre changea brusquement de direction et accéléra.

À cet instant précis, le lien qui unissait Poll et Ombre fut plus fort que jamais. Le cavalier devinait la moindre intention de son dragon. Il sut d'instinct qu'Ombre allait doubler Dépeceur par la droite. Il se pencha sur le côté pour ne pas glisser et fixa le piédestal de métal qui se rapprochait à vive allure.

Sans crier gare, une douleur intenable lui vrilla l'épaule. Poll et Ombre poussèrent un rugissement tonitruant. Le garçon crut qu'il allait s'évanouir. Il se vit tournoyer dans les ténèbres, puis sa souffrance se transforma en rage : ce n'était pas lui qui était blessé, mais sa partenaire. La queue de Dépeceur lui avait cruellement entaillé la patte avant. Le sang ruisselait le long de son flanc.

C'était fini. Kriss avait gagné. La gorge serrée, Poll observa le dragon noir atterrir près du piédestal, trois secondes avant Ombre. Kriss leva un poing triomphant. L'orbe était à lui. Ségun allait le détruire. Et l'Oracle mourrait. À cause de Poll.

À quoi bon clamer que Kriss et Dépeceur avaient triché ? Leur complice avait fait disparaître l'écharpe bleue, l'unique preuve qui les accusait.

L'Iséen croisa le regard de Kira, d'Élias et de Nolita. Les trois jeunes gens étaient effondrés. La Grande Quête avait échoué. Non... *Poll* avait échoué. Qu'aurait-il pu dire ?

— *Je suis désolée*, murmura Ombre. *Je n'ai pas été à la hauteur.*

— *Tu as été formidable, au contraire*, protesta Poll. *On nous a tendu un piège mortel et tu nous as sauvé la vie. Viens. Allons demander à Vulcain de te soigner. Cette entaille me paraît très profonde.*

— *Vulcain ne peut pas me guérir*, objecta Ombre. *Le pouvoir curatif d'un dragon du jour n'a aucun effet sur un dragon de la nuit.*

— *Qu'est-ce que c'est que cette histoire ?*

— *Nos deux espèces sont diamétralement opposées*, expliqua le dragon femelle avec tristesse. *Tu n'as jamais entendu l'expression : « Être comme le jour et la nuit » ? Elle a été inventée à cause de nous. Nous sommes trop différents.*

— *Qui ne tente rien n'a rien*, rétorqua l'Iséen. *Suis-moi.*

Il mit pied à terre et se dirigea vers Nolita. Au même moment, Karrok prit la parole de sa voix de stentor :

— Krriss et Dépeceurr rremporrtent la derrnièrre manche ! Krriss, va rretrrouver tes compagnons... Pas toi, Dépeceurr, ajouta-t-il comme le dragon emboîtait le pas à son cavalier. Tu as libérré l'orrbe noirr.

Une nuée de griffons descendit en cercles vers Karrok. Poll frissonna et rejoignit ses compagnons en courant. Ces créatures n'avaient rien d'amical. Quelque chose de terrible se préparait.

— Que s'est-il passé ? voulut savoir Élias. Je pensais qu'Ombre remporterait la course sans problème.

— Les autres ont triché, lui révéla Poll d'un ton morne. Ils ont réussi à envoyer un message aux cavaliers de la nuit que nous avions rencontrés en chemin, et ils nous ont tendu un piège.

— Il faut prévenir Karrok ! s'indigna Élias.

— Non, intervint Kira. Souvenez-vous du poème : « *Si tu sers la justice, les menteurs seront punis.* » Attendons. À mon avis, Kriss ne s'en tirera pas à si bon compte.

Les cavaliers de la nuit félicitaient le vainqueur, à grand renfort de claques dans le dos. Tous, sauf Ségun. Le dirigeant de l'enclave se tenait à l'écart du groupe. Ses yeux se posaient tour à tour sur Dépeceur, puis sur les griffons.

Tout à coup, les créatures replièrent leurs ailes et fondirent sur Dépeceur. Le dragon noir disparut sous une masse de plumes, de becs et de griffes. Sa queue cingla l'air – en vain. Il se débattit avec l'énergie du désespoir, mais les griffons ne lui laissèrent aucune chance. Les becs pincèrent, les griffes lacérèrent le cuir et entaillèrent les écailles.

Kriss poussa un cri et se précipita vers son dragon. Les cavaliers de la nuit durent s'y mettre à quatre pour lui éviter d'être déchiqueté. Ségun, lui, demeura impassible.

Dépeceur lâcha un cri de douleur qui ébranla Poll jusqu'au tréfonds de son âme. Impitoyables, les griffons poursuivirent leur besogne. Un nouveau cri, plus faible, retentit. Puis ce fut le silence. Le dragon de Kriss était mort. Les griffons ne lâchèrent pas prise pour autant.

Kriss se tourna vers Ségun en chancelant. Et brusquement, son visage devint un masque de fureur pure : il venait de comprendre. Ses amis le retenaient toujours – cette fois, pour l'empêcher de se jeter sur leur dirigeant.

— Tu savais que le vainqueur de la course serait tué ! l'accusa-t-il. Tu le savais, et tu ne m'as rien dit ! Assassin ! ASSASSIN !

— Exact, lâcha Ségun sans la moindre émotion. Pourquoi crois-tu que je t'aie laissé concourir à ma place ? J'ai lu les archives des dirigeants de l'enclave. J'ai tout de suite décrypté le poème de l'Oracle : « La mort, c'est ma vie », disait-il. Je ne pouvais pas me permettre de sacrifier Aile-de-Titan. Tu devrais me remercier : ton dragon va passer à la postérité. Sa mort marque un nouveau tournant dans l'histoire des dragons. C'est un héros. Un martyr. Un libérateur.

Avec un rugissement de rage, le colosse se dégagea et se rua sur Ségun. Le dirigeant de l'enclave lui plongea sa dague dans la poitrine.

— Navré. Tu ne me laisses pas le choix.

Le visage figé par la stupéfaction, le cavalier de la nuit resta quelques secondes immobile et s'effondra face contre terre, les mains crispées sur la dague. Lentement, la neige se teinta de rouge.

Les griffons délaissèrent la carcasse sanguinolente de Dépeceur. L'un d'eux avança dans la neige, tenant dans son bec un morceau de chair pourpre dégouttant de sang. Avec un haut-le-cœur, Poll se rendit compte que le griffon s'était emparé d'un horrible trophée : le cœur du dragon.

Il observa la créature se diriger vers Karrok, qui inclina la tête. Puis le griffon posa le cœur au sommet du piédestal de métal. Comme dans un rêve, Poll entendit des bruits étouffés : les hoquets de Nolita, le souffle court de Kira, le grincement de dents d'Élias. Il voulut se détourner, s'enfuir à toutes jambes, mais il n'arrivait pas à détacher son regard du piédestal. Il avait l'impression d'assister à un sacrifice païen, atroce et fascinant.

Au début, Poll crut que la fatigue lui jouait des tours. Un scintillement translucide, né du piédestal, enveloppa le cœur telle une vague d'eau limpide. Celui-ci se ratatina, se dessécha à une vitesse sidérante, puis se mua en une sphère noire et dure. Soudain, un éclair jaillit du globe et illumina le ciel. Et l'orbe de la nuit apparut : inerte et sans vie, mais dégageant une aura terrifiante.

— Voici l'orrbe noirr libérré parr Dépeceurr, proclama Karrok. Qui souhaite le rrevendiquer ?

— Moi, déclara Ségun avec froideur.

— Alorrs, apprroche, humain.

Poll ne savait s'il devait se réjouir ou protester. S'il avait remporté l'épreuve, ce serait le cœur de son dragon qui trônerait sur ce piédestal. Or Ombre était sa seule famille, à présent. S'il l'avait perdue, il se serait suicidé sans hésiter. D'un autre côté, son échec signifiait la mort de l'Oracle. La victoire de Ségun l'emplissait d'amertume.

Un battement d'ailes attira son attention. Un griffon venait vers eux, manifestement épuisé. Il poussa un cri rauque et lugubre. Karrok se raidit et ordonna :

— Attends, humain !

Ségun se figea.

— Mon frrèrre affirrme que tes cavaliers ont tendu un piège à Ombrre et à Poll, gronda le chef des griffons en braquant ses yeux noirs sur le dirigeant de l'enclave. Qu'ils les ont envoyés drroit sur la Lame.

— Mensonges ! rétorqua Ségun. Aucun dragon ne pourrait sortir vivant de la Lame. Nous avons tous vu Dépeceur gagner la course. Par conséquent, l'orbe est à moi.

Karrok répondit d'une voix rocailleuse :

— Les grriffons ne mentent jamais, humain. En rrevanche, ton peuple excelle dans cet arrt. Donne-moi ta verrsion des faits, Poll.

L'Iséen raconta son périple sans omettre un détail. Il insista particulièrement sur la couleur de l'écharpe qui l'avait induit en erreur.

— Je sens que tu dis la vérrité, acquiesça Karrok. C'est donc à toi que rrevient l'orrbe.

Ségun ouvrit la bouche. Le griffon lui décocha un regard furibond et le dirigeant de l'enclave recula sans piper mot.

— Prrends l'orrbe et va-t'en, Poll, cavalier de Souffle d'Ombrre, reprit Karrok. Nous allons empêcher tes ennemis de te pourrsuivrre. Mais garre à leurrs complices : ils t'attendent au sorrtirr de cette vallée.

— Merci, Karrok, répliqua Poll en esquissant une révérence.

Il s'avança vers le piédestal, tendit la main vers l'orbe et s'immobilisa. Une aura glacée émanait de la sphère noire. Poll enfila ses gants, s'empara de l'orbe et courut vers Ombre en tenant la sphère à bout de bras. Il ne respira qu'une fois la boule de ténèbres enfouie dans sa sacoche de selle.

— Hâtez-vous, chuchota le griffon. Nous ne pourrrons rretenirr vos ennemis que jusqu'au coucher du soleil.

— Nous vous devons beaucoup, Karrok, porte-parole des griffons, déclara Poll. L'Oracle nous avait recommandé de suivre vos conseils. Pouvez-vous nous éclairer ?

Le griffon pencha légèrement la tête :

— Tu as gagné en sagesse, semble-t-il, humain. Cherrche le lieu où rrésident les ombrres. Tu y trrouverras bon nombrre de rréponses.

Poll se renfrogna. Un conseil, ça ? Plutôt une nouvelle énigme... Il n'insista pas : Karrok n'en dirait pas davantage. Dans le ciel, les nuages s'étaient amoncelés. La pluie serait là avant le crépuscule. Il fallait partir.

— Vulcain peut-il soigner la blessure d'Ombre ? demanda-t-il à Nolita.

— Non, répondit la jeune fille d'une voix tremblante. En revanche, il peut cautériser la plaie, si elle veut.

— *Tu vas le laisser faire ?* s'enquit-il auprès de son dragon.

— *Pourquoi pas ?* soupira Ombre. *Si je continue de me vider de mon sang, je ne sortirai même pas de cette vallée.*

Poll fit signe à Nolita qu'Ombre était d'accord.

Il jeta un dernier regard à Ségun, dont les yeux lançaient des éclairs courroucés.

— On se retrouvera, gamin, marmonna le dirigeant de l'enclave. Surveille bien tes arrières. Tu as choisi le mauvais camp. Et tu vas en payer le prix.

L'Iséen tourna les talons sans répondre. Vulcain s'apprêtait à souffler son feu cicatrisant sur la blessure d'Ombre. Poll serra les dents en prévision de la douleur.

Remerciements

Une pensée toute particulière pour Heather, mon éditrice : ses encouragements, son travail acharné et sa patience m'ont été extrêmement précieux.

Merci aussi à mon équipe de relecteurs, surtout à Diane, Patrick et Mary, ma « marraine ». Sans votre aide, votre soutien et vos yeux de lynx, je ne serais pas là aujourd'hui !

Ouvrage composé par
PCA - 44400 REZÉ

Cet ouvrage a été imprimé en France par

CPI
BUSSIÈRE

à Saint-Amand-Montrond (Cher)
en février 2013

N° d'impression : 124921.
Dépôt légal : novembre 2009.
Suite du premier tirage : mars 2013.

FSC
www.fsc.org
MIXTE
Papier issu de
sources responsables
FSC® C003309

Pocket Jeunesse, une marque d'Univers Poche,
est un éditeur qui s'engage pour
la préservation de son environnement
et qui utilise du papier fabriqué à partir
de bois provenant de forêts gérées
de manière responsable.

PKJ• www.pocketjeunesse.fr
POCKET JEUNESSE

12, avenue d'Italie – 75627 PARIS Cedex 13